S P R I N G

每一本好書都是一顆種子，
春天播種在你的心田夢土上。

Spring

S P R I N G

每一本好書都是一顆種子，

春天播種在你的心田夢土上。

Spring

S P R I N G

每一本好書都是一顆種子，
春天播種在你的心田夢土上。

Spring

S P R I N G

每一本好書都是一顆種子，
春天播種在你的心田夢土上。

Spring

對不起，我愛你

Sorry,but I Still Love You

兩杯熱咖啡，心情是等待，
只是，我等的人，不會來。

如果還有機會的話，我真想親口對你說聲對不起，

對不起，我沒能好好愛你，
可我就是愛你，還愛你，

對不起，真的，
我 愛你。

自序

如果寫作是趟旅行，那麼這《對不起，我愛你》則只是個十四天的旅程。去個歐洲都嫌不夠餘裕的時間。

那大概是我寫作生涯裡最瘋狂的時候，在那十四天名為寫作的旅程裡，飯不怎麼吃，覺也不怎麼睡，手機直接關掉，連出門shopping也嫌麻煩；彷佛是只為了《對不起，我愛你》而活的十四天，一氣呵成、幾乎瘋狂的把它啟筆，完稿。

一氣呵成的要命。

感覺後面好像有個什麼在追趕我似的，雖然實際上後面什麼也沒有。是我在追趕我自己。

雖然有點瘋，可是很過癮，飆文字，真的很過癮。

相隔幾年之後，我重新再翻閱這神經兮兮的《對不起，我愛你》，突然有點奇異的感覺到：其實，我還滿懷念以前那個，和自己的神經質相處的滿好的，我。

橘子

對不起，我爱你

Sorry, but I Still Love You

目錄

對不起，我愛你

兩杯熱咖啡　心情是等待
只是　我等的人　不會來

如果還有機會的話　我真想親口跟你說聲對不起
對不起　我沒能好好愛你
可我就是愛你　還愛你
對不起　真的　我愛你

1

在掛上電話的那一剎那，我突然想到一個問題——

我為什麼會說：「抱歉，這種事我做不來。」

想不起來了。

嘖。

「抱歉，這種事我做不來。」

事實上當我接起這通電話的時候就已經是千百個不願意了。

時間是七夕情人節晚上八點過七分，我獨自一個人癱在床上，全身痠痛，四肢無力，心情差得想殺人，隨便哪個人都好；如果我的貓在這時候湊過來找我撒嬌的話，我會毫不考慮的把牠從七樓窗口丟下去，但是還好我的貓個性孤僻更勝於牠的主人，再說自從牠上個月發春離家出走之後，我就再沒見過牠了。

為此我還和小翔大吵一架，更正確的說法是，我和小翔為了這隻該死的蠢貓從牠被抱著走進我的公寓、一直到牠不告而別的這些年來，我們兩個人類不知道已經為這隻蠢貓吵過多少回了，我甚至連名字都不想替牠取。

本來嘛！我一開始就清楚明白的告訴小翔我想要的是狗，如果鬥牛犬太貴的話，那麼拉不拉多也是可以，總之只要是短毛的狗我都愛的，就算是他從路邊給我抱回一隻短毛的流浪狗，我也是會歡喜的接受這第一份情人節禮物的。

「我要的是狗！短毛的狗！你哪一個字聽不清楚！你是耳朵長繭了還是怎麼著？」

當小翔抱著這隻蠢貓笑嘻嘻的出現在我這間小小的單身公寓時，我正好因為月經遲了七天還沒有來而急躁地想要揍人，否則我的火氣是可以不用那麼大的，進而也不會毀掉了和小翔認識的第一個情人節，白白浪費了他早在兩個月前就預先訂好的飯店晚餐。

『可是我覺得像妳這樣的女生比較適合貓呀！妳是像貓的女生哦！』

我實在搞不懂當時小翔是瞎了眼還是屎了腦，明明已經看到女朋友心情正糟卻偏偏挑這個時候說些愚蠢至極的情話，還裝出一副不食人間煙火的白痴模樣；接著我吼了一句：「你根本不了解我！」作為開場白，然後我們開始混亂的吐出一些事後連自己回想都覺得噁心至極的文藝腔作為吵架的內容，最後是小翔當著我的面摔門之後離去作為句點，從此展開我和這隻蠢貓互看不順眼的同居生活。

不過那都是好久以前的事了，當初這隻不過巴掌大的小虎斑早就因為我的過量餵食而變成一隻虛胖的肥貓，小翔常抱怨我將整包飼料打開放在地上任由牠吃到飽的飼養方式是種間接謀殺，為此我們大概吵過五次之後，小翔也就睜一隻眼閉一隻眼的隨我們人貓去了。

儘管小翔明知道我根本打從心底不愛這貓，但當他知道貓逃走的這件事情時，仍是氣得暴跳如雷，甚至可以說是傷心欲絕，當小翔又開始以文藝腔的口吻來進行爭吵的動作時，我只是打了個呵欠泡了杯咖啡而且還是即溶的那種，聳聳肩膀說那要不我們先分開一陣子吧。

當時小翔含著兩泡眼淚驚訝的望著我，一副好像站在他面前的我不是人類而是隻史前巨獸一樣，簡直活見鬼，最後小翔同樣以奪門而出作為句點，真是謝天謝地，我真是對於小翔熱愛的文藝腔感覺到厭煩的不得了。

搞不懂怎麼這個年代男人越來越像女人，而女人卻越來越像男人了？

這次又是為了什麼？對，我想起來了，難得還保持聯絡的高中同學提議今年的情人節來個不一樣的姐妹們的聚會，結果我只是把這件事情告訴小翔而已，他就馬上又含著兩泡眼淚、左手指著天花板、右手捧著他胸口，呼天搶地的問我是不是情已逝了？

真他媽的情已逝，我常在想小翔不去寫歌詞搞劇場拍電影還真是浪費人才了。早就不來那一套了，什麼你根本不懂愛，你給我的愛情是寂寞這類的，又或者相愛的人為什麼總是互相傷害，我們的遺憾來自於相愛時間的錯過……累死我實在；搞不懂小翔怎麼會以為和小說家（而且還是不紅的那種）談戀愛就連吵架也要耍文藝腔，會不會正是因為吵架可以耍文藝腔所以小翔才想和我交往？

不過那都已經過去了，我可不想再當什麼鬼小說家了；在我寫過的小說裡，被退稿的若是列印出來堆成一疊的話搞不好都還比我的人高，就算是被出版的現在也都堆在出版社的倉庫裡發霉，等到哪天可以出來透氣時八成也是可憐兮兮的被堆在三本一百塊錢的特價書裡。

早就不想當小說家了。

貓逃了也好，小翔散了也好，被小翔這麼一亂搞的我的高中姐妹們也不好意思找我出去聚會了；不過這樣也好，我現在只想好好的睡個覺，與其和這島上所有的情侶們為了慶祝這莫名其妙的七夕情人節而同時在床上愚蠢的流汗，我倒寧願一個人舒服的吹冷氣睡大頭覺。

搞不好小翔此刻也在別的女人床上流汗，管他去的，什麼貓呀小翔呀小說呀情人節的，煩都快把我給煩死了。

就是在這個時候，電話以一種囂張並且頑固的姿態響起，一聲，兩聲，三聲……到了第七聲的時候，我當下決定若是小翔打來的話，那麼我就跟他分手分定了；如果是我娘的話，那麼我就跟她要錢要定了；如果是這兩個人以外的話，那麼不管是誰對方都死定了。

『喂！我是吳宜珊。』

呃……好耳熟的名字，彷彿曾經在哪聽過的樣子。

『高中時坐在妳隔壁，我們上課都一起趴著睡覺的那一個呀。』

哦……這麼說的話我就想起來了。

『記不記得我呀？惹出很多麻煩的那一個呀！哈哈哈。』

這個我也想起來了，吳宜珊口中所指的那件事，而我很識相沒有說破的原因並不是我仁慈怕傷感情，而是我累得沒有心情說話。

大概是被她過分開朗的聲音所影響，對話進行到這裡（其實也算不上什麼對話，完全是她一個人很開心的講話而已，我甚至連嗯的聲音都沒發出來），我已經忘記剛才發誓要殺了來電者的這件事情了。

「妳怎麼有我的電話？」

高中畢業後就沒再聯絡，甚至在畢業典禮上連「互相珍重，要再聯絡哦」也沒說的人，怎麼會無緣無故的知道我的電話並且打來？而且還挑在這該死的情人節？

這大概是我有生以來最糟的一個情人節了。

『剛和雅蘭她們晚餐，她們有聊到妳所以我就要了妳的電話嘛！』

嗯，我大概知道什麼情形了現在。

「我有買保險囉，事實上我媽就是在拉保險的。」

『妳在說什麼呀，哈哈哈。』

不是來拉保險？那我知道了。

「信用卡的話找我是沒用的，我可沒有固定收入，用的還是別人的副卡哦。」

『妳還是一樣幽默耶，哈哈哈。』

又猜錯？

「靈骨塔的話也不必了，我已經交待我娘了，死了之後直接把我的骨灰灑入大海就好了，我娘還說這樣很省錢真不錯。」

『好久沒聽妳講笑話了，真懷念耶，哈哈哈。』

真奇怪，我又不是在說笑話。

不過自從高中畢業後就不再有人認為我幽默了，在下課時說笑話逗那群小母雞哈哈大笑的行為也不再做了；上大學之後我變成一個憤世嫉俗的人，至於為什麼會這樣我倒是忘了，但我想這應該跟那所愚蠢的學校沒有關係。

「怎麼突然打電話來？」

『聽雅蘭說妳現在是暢銷女作家囉！恭禧呀！真了不起耶。』

見鬼了嗎現在？

我除了性別符合女這個字之外，所謂的暢銷和所謂的作家和我根本是八竿子打不著的事情，我想我們的交情應該還不至於差到吳宜珊特地打電話來挖苦我吧？那麼八成就是她信以為真了。

嘖嘖嘖，這女人沒腦的程度簡直遠遠超過我的記憶了。

「沒有啦，其實不是那麼一回事。」

『妳怎麼變得這麼謙虛呀！這點妳倒是不一樣囉！哈哈哈。』

媽的！講得我心酸的要命，我小小的流下幾滴眼淚，沒辦法只好轉移這個感傷的話題，所以隨口問她現在在做什麼。

隨便她在做什麼都無所謂，反正那不關我的事，我只想趕快掛上電話睡個好覺。什麼暢銷呀作家的，全給我滾一邊去別再來煩我。

『我在逛街呀，買東西最快樂了，哈哈哈。』

「哦，妳的職業是採購呀？」

『聽妳講笑話真的好開心哦，哈哈哈。』

奇怪？我仍然不是在開玩笑呀，我真以為她是採購呀。

『沒有啦，我現在幹公關。』

酒店小姐哦，唔唔唔，不難想像嘛！這女人在高中時就穿著火辣了，如果她那時候去兼職檳榔小西施的話，搞不好現在早成為西施界裡呼風喚雨的一姐了。

『妳怎麼聲音聽起來有氣無力的呀？』

「哦，我最近感冒了，重感冒，下不了床的那種重感冒，喉嚨可痛的。」

說著我還咳了三聲應應景，那麼這下的話她就該說：「妳好好照顧自己囉，好好休息吧，再見」。

但結果她沒有。

『唔……好可憐哦，哇啦哇啦，嘰哩呱啦……』

失策！看來我只好再下一城。

「而且我一整晚都沒睡，睏死了。」

『唉呀！我也是哦！但我卻越晚越HIGH溜！簡直就是一尾活龍嘛！哈哈哈。』

「……」

『好啦好啦，看妳沒什麼精神的樣子，好好休息囉。』

「BYE B——」

『要把我的號碼記下來喲！妳手機有來電顯示吧？要不要我再說一次？』

「有有有，有有顯示了，BYE B——」

『那下次打來知道我是吳宜珊囉？』

「知道知道，BYE B——」

『下次不可以這麼沒精神囉！』

「好好好，BYE B——」

『有機會出來吃個飯見個面嘛！』

「OK OK，BYE B——」

『好了啦，不吵妳了。』

「嗯嗯嗯，BYE B——」

『情人節快樂囉！哈哈哈。』

「BYE BYE。」

『BYE。』

總算肯掛了，累死我實在。

在掛上電話的那一剎那，我突然想到一個問題——

我為什麼會說：抱歉，這種事我做不來。

想不起來了。

嘖。

2

但我想我仍不是她最好的朋友，而只是一個替她收藏祕密的人吧。

那我呢？我的祕密收藏在記憶裡，隨著我的記性衰弱於是終究消失無蹤。

睡了很長的一覺，長到連我自己都快要嘔吐的地步之後，我打了電話把雅蘭找出來秋後算帳，順便硬拗她請客吃飯。

「妳幹嘛把我的電話給吳宜珊呀？」

『就那天吃飯聊起妳呀，她還說我們怎麼背著她偷偷聯絡哩。』

「哼。」

『而且她說妳們以前感情很好嘛！老同學偶爾也聯絡一下不是很好嗎？』

我們以前感情很好？怎麼我不記得有這回事了。

『她聽說妳現在是作家，還很替妳高興哩。』

「乏人問津的女作家有什麼好高興的，又沒搞頭。」

『這倒是。』

「妳去死。」

『哈！不過吃完飯後她還拉著我特地去買妳的書哩。』

「買得到哦？」

『超難買的啦，我們跑了好幾家書局還問了好幾個店員，那店員找了半天拿給我們的時候，書上都是灰塵囉！搞不好裡面還發霉了也不一定。』

「妳去死。」

『哈～～』

王八蛋！

『她現在在幹公關哦！真不錯。』

「嗯，聽她說了，是薄紗店還制服店？」

『什麼呀！是高級飯店的公關部啦！』

「愕。」

『還是住一晚要價上萬的那間飯店哦。』

「再愕。」

『很奇怪嗎？連妳都當起小說家來了，這世界上沒有什麼值得意外的事了吧。』

「有。」

『什麼？』

「妳交男朋友的話。」

『妳吃屎。』

哈！真爽。

「不過說真的，高中時如果有人告訴我以後我會當起小說家來的話，我大概會以為他瘋了吧。」

『也沒這麼誇張吧！妳不是在週記上寫過一篇哀悼教官車禍過世的文章然後獲得賞識被登在校刊上嗎？學姐看了還特地跑來稱讚妳的文筆真好不是？』

「有這回事？」

『有呀！這麼值得驕傲的事妳都忘囉？搞不好那是妳埋下往後寫作的引子哩。』

「妳這麼一說我倒是想起來了。」

『第一次文字被肯定嗎？』

「不是，那次居然沒給我稿費，妳想我是不是可以去告學校？會不會已經超過法律追訴期了？」

『妳真的很愛錢耶。』

「我是呀。」

然後我們沉默的把豬排飯各自吃個精光，在等上咖啡的同時，雅蘭又說：

『不過吳宜珊從高中時就是個女強人啦。』

「怎麼說？」

『這妳也忘囉？她還沒畢業就把打工的那家冰館給頂下來啦！還是高中生就當起老闆娘來了不是？真了不起。』

「我忘了。」

『後來她男朋友也幫忙看店哪！賺錢賺到還買了一對勞力士當情侶對錶哩！我們那時候還嘲笑她土不是？要嘛也買個CARTIER啦CK啦！竟會想買勞力士，八成是阿照那個土包出的土主意。』

「阿照？」

『她男朋友呀！我們去吃冰時他都不收錢的那個土包子呀。』

這麼說我倒是想起來了。

阿照，吳宜珊的那個同居男友，老是穿著緊身褲的那個，長得就是一副欠揍的鬼樣，有一次聽說還把床給搖壞了，真是看不出來那狗雜碎竟有這本事，簡直教我跌破隱形眼鏡。

阿照，對了對了，就是吳宜珊在電話裡提起的那個麻煩，我從以前就一直詛咒他小雞雞爛掉，真不知道他的命根子現在是否依舊安好？

「那間店後來怎麼沒做了？不是賺得很？」

『妳是真的忘了還假裝忘記？』

「我幹嘛要假裝忘記？」

『誰曉得。』

我在喝乾了冰咖啡之後，才想起剛才雅蘭到底告訴我了沒有？那間賺錢的店後來怎麼收了？不過我可沒打算再問一次，反正收了就是收了，而且又不關我的事；再說就算我問了的話，雅蘭肯定又要懷疑我這是在演戲吧。

真是委屈的我，搞不懂我的記性怎麼會差成這樣，不要說是以前的事情，就是連前一分鐘說過的話都無法記得住了，離譜到別人老以為我在裝傻，不過反正我無所謂這個，別人愛怎麼想我也管不著。

「對了，妳們怎麼遇到的？」

『好像是她遇到誰，誰遇到誰，誰又遇到誰，最後那個誰還留著秋雯的手機，然後我們就聯絡上了。』

「真複雜。」

『的確是。』

「所以妳們一起過情人節？」

『是呀。』

「真怪，她看起來不像是會沒有男朋友的人呀。」

『聽說好像感情空白有一陣子了。』

「真難以置信。」

『沒錯，她從高中就很有女人味了不是？』

當雅蘭這麼說的時候，我又想起他們把床搖到壞掉的光榮事跡而樂得嘿嘿嘿的怪笑著。

『想什麼笑成這樣？怪毛的。』

「沒事。」

沒錯！就是這樣沒錯！吳宜珊為什麼會對雅蘭說我們以前感情很好，我想起來了。

雖然我們在班上並不是最好的朋友，也是就說各自都還有最好的朋友，但可能是因為就坐在隔壁也經常上課一起趴著睡覺並且都看導師不順眼還約了畢業典禮後一起蓋她布袋的緣故，我們除了經常一起打屁嬉鬧之外，偶爾也會說些心裡真正的想法，大概可以說是真心話但又不至於深入到內心最深處的那種程度。

不過關鍵點還是吳宜珊告訴我她懷孕了的那件事情開始。

『我只告訴妳哦，妳千萬不能說出去。』

「嗯，我發誓，但為什麼呢？我並不是妳最好的朋友呀。」

『因為妳坐我隔壁。』

「……」

『開玩笑的啦！其實是因為我覺得信得過妳。』

「妳信不過麻吉嗎？」

麻吉，吳宜珊最好的朋友。

『也不是這麼說，只是我覺得這班上除了妳之外，好像沒有人能接受這種事情，就算嘴裡說這沒什麼，但其實心底還是會覺得我這個人怎麼那麼……妳知道我意思吧。』

「因為她們連怎麼做愛都不知道。」

接著吳宜珊笑了，雖然笑得有些若有所失。

事實上那時候我也不知道，只是經常說些成人笑話逗逗那群小母雞於是造成我這個人比較開放的錯覺吧。

不過實際上比起那群明明對性就很好奇卻又做作的裝出一副道貌岸然的清純小母雞而言，我的確是比較誠實的面對慾望沒錯。

「阿照知道嗎？」

『嗯。』

「他怎麼說？」

『他說他也不曉得怎麼辦，他嚇壞了。』

沒錯沒錯，我就是在那個時候詛咒他小雞雞爛掉的。

「拿掉吧。」

我說。

後來吳宜珊就真的去拿了孩子，不過她並沒有要我陪，所以我不知道她是怎麼處理的。找哪問診所……這類的相關細節她一律沒再說而我也不問；她說阿照會陪她去並且負責替她養好身子，雖然我對她的說法抱持著懷疑的態度。

而我也的確替她守住這個祕密，完全是出自於朋友間的信任而非記性差，關於我記性差的這件事情好像是從我變得憤世嫉俗之後才逐漸形成的吧。

之後吳宜珊開始會告訴我一些她覺得說出來比較好過，但卻又不想讓別人知道而引來非議的事情，但我想我仍不是她最好的朋友，而只是一個替她收藏祕密的人吧。

那我呢？我的祕密收藏在記憶裡，隨著我的記性衰弱於是終究消失無蹤。

『妳怎麼看起來很累的樣子？』

「剛突然想起太多以前的事情，累。」

『沒用。』

「我是呀。」

我想了想，決定還是確定一下這件事情比較好，於是我問：

「欸！畢業典禮完我們有沒有把老巫婆蓋布袋海扁她一頓呀？」

『沒有呀！我們還因為蹺課太多於是被她留下來罰掃校園以彌補，而且還被學弟看見狠狠的嘲笑了一頓不是？』

「連吐她口水也沒有？」

『沒有呀！』

「哦，真可惜。」

『……』

之後我們又說了些什麼我完全性的忘記了，不過關於雅蘭有買單請客的這件事情我倒是記得清楚的很。

當我們嘻嘻哈哈的走出咖啡館時，我甚至連阿照是誰都忘了。

3

當我一聽到嗜睡症這三個字時，突然覺得頭昏昏的，腦子好像給打開一扇門似的，替我收藏著祕密的回憶彷彿嚷嚷著要把它還給我了。

我這個人只要一累就會立刻回家睡個長長的覺，睡到想吐之後再打電話隨便找個誰請客吃飯。

如果沒和小翔吵架的時候，他通常會是那個隨便找個誰的第一人選，小翔最大的優點就是隨傳隨到，其次的優點則是做愛之後他喜歡下廚弄盤義大利麵餵我吃，不過說真的，小翔煮的義大利麵實在有夠難吃。

我常在想如果我有錢的話，一定會自費送他進廚藝補習班進修進修。

小翔？對了！自從在情人節的前天吵完架之後，小翔倒是沒再打過電話來，這次該不會真的分了吧？

我窩在床上越想越生氣，再怎麼說他真打算分手的話，起碼也該打電話通知一聲吧？開門見山直接說：

「喂！我要跟妳分手！」

這樣也是可以的呀。

如果小翔真這麼說的話，那我會是什麼反應呢？我非常認真的思考著。

「好！我知道了。」

我會這麼乾脆嗎？

「不要！說什麼我都不會答應的。」

我會這麼沒用嗎？

「你想仔細哦！考慮清楚哦！這年頭能遇見真正喜歡並且在床上合的人還有肯吃你那難吃的義大利麵重點是還假裝很好吃的人可不多囉。」

我會這麼囉嗦嗎？

「你去死！」

對！這句話比較有我的個人風格。

當我才自滿於思考出正確答案時，門鈴就響起了。

小翔！耶！我。的。小。翔。

我歡天喜地的三步併兩步地跑去開門，結果沒想到卻是小翔的乾姐姐宋育輪；我嘖了一聲之後才想到，如果是小翔的話早就自己開門了，沒事幹嘛按門鈴？順便運動手指嗎？

真是蠢的我。

「幹嘛？」

我沒好氣的說，我早看這小婊子不順眼很久了。

什麼乾姐乾弟的噁心死了，通常只有把不到的或者留著當備胎的人才會想和對方乾關係。

而這小婊子之於小翔正好是前者，她甚至開宗明義的說哪天我和小翔真分了手的話，她會毫不考慮用盡手段的把小翔弄到手的。

自從有次我和小翔吵完架後，她竟心機很重的勸小翔說不如先分手一陣子彼此冷靜一下的這件事被我知道以後，我就不太想理她了。

光憑著這點，我是無論如何也不會和小翔分手的。

對！就這麼辦。

『買了STARBUCKS的焦糖冰咖啡給妳喝，小翔說這是妳的最愛。』

「黃鼠狼給雞拜年哪妳？」

話雖然這麼說，但我還是一接過手就馬上插了吸管大口大口的喝了起來。

『這也不是我願意的，誰教我喝不慣妳的即溶咖啡，只好自備囉！不是我在說的，妳那咖啡簡直不是給人喝的嘛！』

「哼！我可沒打算泡咖啡請妳喝。」

『隨妳怎麼說。』

這女人！到情敵家來竟還敢囂張成這樣？當初我之所以想養狗就是為了等她上門放狗咬人。

早知道她今天會來的話，我就先去放滿一屋子的屁來侍候她了。

『妳又和小翔吵架啦？』

「他又跑去跟妳訴苦啦？」

『當然，我可是小翔的Best Friend。』

「大切な友達。」

『什麼？』

「妳秀英文我現日文，怎樣？」

『幼稚。』

「彼此彼此。」

『怎麼貓還沒回來呀？』

「妳管不著。」

『連貓都討厭妳，真搞不懂小翔愛妳什麼。』

「也難怪妳不懂了，畢竟妳沒被小翔愛過嘛！哈！」

耶！贏了贏了！

『不會吧！妳又要睡囉！』

這女人見我一吸光焦糖冰咖啡馬上又鑽回被窩時就誇張的鬼叫鬼叫的，真是吵死人。

對了！反正貓走了都走了，看樣子是也不打算再回來了吧！乾脆就趁機叫小翔再買隻狼犬送給我，下次這小婊子再鬼叫的話，我就馬上放狗咬人，不，不但如此，我還要親自把狗帶去她家上門咬她。

遲早有天我得親眼目睹這女人被我的狗咬不可。

『小翔也說妳最近越睡越多了。』

「我是在睡夢裡尋找靈感，這種事說了妳也不懂，因為妳根本就是一個文盲。」

『少以為我不知道妳早封筆了。』

「小翔連這也跟妳說？」

『正是，小翔連妳一天要拉兩次大便的事都跟我說了，怎樣。』

管他的，隨他們說去，此刻我只想好好的睡覺，並且我是睡定了，就算這女人離開時壞心眼的不替我鎖門或者對著我的臉放臭屁我也無所謂了。

『妳該不會是得了嗜睡症吧？』

嗜睡症？

當我一聽到嗜睡症這三個字時，突然覺得頭昏昏的，腦子好像給打開一扇門似的，替我收藏著祕密的回憶彷彿嚷嚷著要把它還給我了。

「不要！」

『嚇！不要什麼呀？』

宋育輪嚇了一跳，表情慌張的望著我。

「咳，我是說妳不用這麼急著走沒關係。」

『我又沒說要走，我等著趁妳睡覺時揍妳一頓。』

「嗯，喝杯水吧，喝水好。」

我跳下床打開冰箱倒了兩杯冰開水來，稀哩呼嚕的一口氣就灌去半杯，然後大口大口的喘著，至於宋育輪則是繼續狐疑的望著我。

『妳怎麼啦？』

「口渴咩。」

『不是，我是說妳怎麼……態度轉變這麼快。』

因為我現在需要有個人陪我說說話，隨便哪個人都好，隨便說什麼都好，只要說話，只要把注意力從那就要釋放的回憶裡轉移開來就好。

「那個……小翔還好吧？」

『頂得住啦！反正也吵習慣了，倒是妳，妳還好吧？』

「我？頂得住啦！反正也窮習慣了。」

『妳在說什麼呀？』

「愣……我剛說什麼？」

『妳剛才言不及義的。』

「說說妳和小翔的認識經過吧。」

『妳不是早就知道了？』

「我想再聽一次嘛！」

『好啦好啦，被女人撒嬌可真夠噁心的。』宋育輪清了清喉嚨，說：『小翔是我高中的學弟，那時候要不是我有男朋友的話早就泡他囉！可惜等到我和男朋友分手時，小翔又有了女朋友，等到他分手時，我又有了男朋友，怎麼說呢這個……我知道了，我們的遺憾來自於相愛時間的錯過。』

宋育輪的話說到這裡突然打住，然後她一個勁的盯著我看，好像我臉上長出什麼怪東西似的，她以一種十分不解的表情望著我。

「幹嘛？我臉上有髒東西嗎？」

『不是，說到那裡我直覺應該停下來，想說妳一定會兇狠的嘲笑我的文藝腔，但是結果妳沒有，所以我反而覺得不知所措。』

「哦。」

我們各自沉默了好久，時間差不多是宋育輪幹光了我一盒家庭號的香草冰淇淋之後，我問她：

「妳想我們為什麼要和以前的朋友保持聯絡？」

『為什麼不？』

「人活在這個世界上難免會發生一些想要忘記的事情吧。」

『好像是哦。』

「當那些我們想當它根本不存在的回憶發生時，只有那個時候的朋友會知道那些回憶吧。」

『聽不太懂。』

「我的意思是，當事過境遷之後，只要我們刻意不說的話，後來所認識的朋友就會完全不知道那些我們不想它發生可它就是發生過的回憶存在，對不對？」

『難得聽妳這麼正經說話。』

「但是當我們和那段日子的老朋友見面時，就算不主動提及，但彼此都還是心知肚明發生過什麼事情呀！不是嗎？」

『難得我損妳妳竟沒回嘴。』

「甚至有的時候光是看到對方的臉，就會無可避免的想起那些不好的回憶吧。」

『所以結論是？』

「結論是我們為什麼還要和從前的朋友保持聯絡呢？如果和從前的朋友切斷所有的往來重新到一個陌生的環境再開始的話，生活不是會更愉快嗎？」

『冒味請問一下，妳發生過什麼事情嗎？』

我想了想，說：

「沒有。」

『說啦說啦，我不會說出去的。』

「走的時候記得替我鎖門。」

『……』

4

當一個人並沒有這項才能的時候為什麼卻還要欺騙他說其實做得很不錯請再努力呢？在這種時候明明就應該直接告訴他說：對，你不適合做這個，請放棄吧！為什麼不這麼說卻偏要說反話來浪費他的生命呢？

本來我以為吳宜珊在電話裡說有機會見個面吃個飯的這件事情只是她的客套話而已，但很顯然的並不是。

這就是當一個人客套話說太多時所造成的後遺症，不管別人說了什麼，都一律的也只當對方是在客套。

不管從各方面而言，我都是一個客套話使用頻率相當之高的人。

就例如我高攀上的一位名作家朋友，他總是自我陶醉並且也希望得到同行——雖然是完全性不紅的同行——認同的問道：我的小說真的有讀者所說的那麼驚天地泣鬼神嗎？

雖然他的小說坦白講故事性相當之唬爛而文筆也是還好而已，之所以會成功的原因完全只是天見猶憐湊巧讓他走紅罷了，而實際上我根本想不透為什麼他竟然會當起作家來。

但礙於每次見面總是他請客吃飯的緣故，所以我總是佐以真摯的表情客套的回答：是的，就是這樣沒錯，你之所以被誕生下來就是為了要寫作的，寫作就是你的使命，我想這是神的旨意。

他是個天主教徒。

又好像我的一個在紐約留學的朋友，她有極嚴重的被愛妄想症卻又完全毫不自知。

常常我們在餐廳吃飯時，她總是得意洋洋的認為某處的一個男生看見她的美貌看到傻眼，但事實上在我確認之後，才發現原來那個人是在看她身後牆上的菜單，而她所謂的傻眼其實只是對方可能眼鏡度數不足而露出的呆滯眼神；總而言之，只要有男的將視線放往她的方向，她就會認定這是對方在向她含蓄的傳達愛意，我懷疑她其實認為只要是公的都愛她，連狗也不例外；而實際上她是個連好看都稱不上的女人。

但礙於我有時會上她家白吃白住並且計劃存到機票錢就去紐約把她的家產吃垮，所以我總是佐以真摯的表情客套的回答：是呀是呀，有時候我真慶幸我是母的，否則我會愛妳愛到死的。

她是一個有被愛妄想症的自戀狂。

也好比我收到過數量是為五根手指數都嫌多餘的讀者所寫來的稱讚信，我總是客套的回信說：這真是我所收到過最好的讚美呢；而實際上我懷疑他們八成是搞錯作家了。

或者是那些因為一時糊塗採用我的小說、搞得自己可能飯碗不保的主編們，他們常會吃飽撐著問我自己最滿意的作品是哪部？我總是客套的回答就是他們手上握有的那一部；而實際上我只要看到自己寫過的任何小說就會噁心得想要嘔吐。

正因為我是這麼一個愛用客套話的虛偽者，所以當吳宜珊當真打電話來約定吃飯的事情時，我心底是千百個不願意；不願意的原因並不是我想不出客套話來拒絕，純粹是因為我認為交情不夠所以不好意思直言：妳請客的話沒問題，各自買單的話就下輩子再聯絡。

情急之下我只好選擇婉轉的說：

「事情是這樣的，我並不是妳以為的那種暢銷女作家，相反的，我的小說乏人問津並且我的主編都相當討厭我，我正是所謂的窮作家，事實上我已經窮途潦倒到快連白開水都喝不起了。」

『那有什麼問題，反正我本來就打算要請妳吃飯啦！』

「可能我們太久沒聯絡所以妳並不了解現在的我的個性，我並不是那種會客氣的人，我想妳可以再考慮清楚些。」

『考慮什麼呀！就這麼決定吧！』

「那我要吃日本料理。」

『好呀！哈哈哈。』

嘖嘖嘖！這娘們，給人敲竹槓了聲音還開朗成這樣！早知道她這麼乾脆的話，老娘剛就該說想去法國餐廳了。

不過也罷，下次吧！如果還有下次的話。

我們選了一家位於飯店內的自助式日本餐廳。

當我在飯店的門口看到久別重逢的吳宜珊遠遠朝我走來時，我整個人受到很大的震撼。

本來我以為現在的吳宜珊會是一個燙著大捲波浪頭，兩塊眼影抹得像是貼上去似的，嘴唇用唇蜜糊得快要融化掉一樣，上衣穿得像是怕別人不知道她有胸部的低胸緊身衣，裙子則是穿了等於沒穿的超短裙，可能還會穿網襪也不一定，鞋子是讓她一踩身高就暴衝到一百八的細高跟鞋，搞不好大姆指和食指間還捏一根細長的薄荷涼菸，菸灰隨意飄到別人的鼻孔裡她也不在乎的那種女人。

但結果她不是，出現在我面前的吳宜珊甚至比高中時代還要更顯得清純，簡直好像只是把高中制服換成套裝而已，頭髮隨意的紮成馬尾，淨素著一張臉，臉上是開心的笑容。

『嘿！妳沒什麼變嘛！』

我傻笑。

『可是怎麼瘦成這樣呀！是不是都沒吃飯呢？哈哈哈！』

我還是傻笑。

『走吧！進去吃胖個兩公斤再出來。』

然後吳宜珊拉著我和竹竿子沒兩樣的左手臂往飯店裡走去，雖然她只是握著我的手臂往前走，但由於她身材太過豐滿而我太過乾扁，她步伐太過豪邁而我表情太過僵硬，所以在旁人看來我好像是被她拖著走一樣；搞不好不知情的人還以為這是她在逼良為娼也不一定，但想想又不可能，不可能的原因並不是她長得並不像老鴇，而是因為我的身材不像尋芳客會想點的應召女。

日本餐廳──

雖然我一向是個壽司愛好者，但是一旦來到這種場合，我就會很勢利眼的淨挑生魚片和海鮮類來吃，連茶都只是小小的喝他個一兩口以免佔了肚子的空間，至於茶碗蒸那種窮酸品則是一概不碰。

在這種高檔的日式餐廳裡，我對食物的選擇一向是依據價格而非喜好。

在一陣沒命似的狂吞猛嚼之後，我們就像是全世界所有久別重逢的老朋友都會做的那樣，開始交換起彼此遺落的生活片段。

『大學唸兩年就休學了，好可惜喲！為什麼？』

「因為那時候剛好家道中落，逼不得已只好這麼做了。」

『呀？』

「我亂講的啦！小說寫多的人就是這樣，滿口謊言的。」

『怎麼說？』

「因為編故事對他們而言是家常便飯呀。」

『小說家都這樣嗎？』

「別人的話我倒是不清楚。」

問這什麼蠢問題？嘖！難不成我會一個一個的追問那些所謂的小說家：「喂喂喂！身為小說家的你本人是不是也很愛說謊呢？」這樣嗎？

搞不懂我怎麼會有這麼蠢的同學。

嘖。

『那到底是為什麼要休學呢？』

「我忘了。」

『所以妳是休學後才開始寫小說的囉？』

「嗯。」

『怎麼開始的呀？寫小說這件事。』

「有天我一覺醒來，突然有個念頭是：呀呀！不如來寫小說吧！然後我就走上這條不歸路了，差不多可以說是誤闖森林的小白兔。」

『哈哈哈！好白爛哦！』

什麼跟什麼！我是說真的呀。

『妳和雅蘭她們一直有聯絡呀？』

「也不是，畢業後斷了一兩年吧！之後才又重新聯絡上的。」

『哦。』

「妳呢？畢業後。」

『我高中畢業後就沒讀書囉！不想又上大學睡四年，浪費時間。』

「專心做冰館的生意呀？」

『嗯，但後來還是頂給別人了。』

「為什麼？」

『因為館道中落呀！逼不得已只好這麼做了！呵呵！』

她好像覺得這樣說很好笑的樣子，但問題是我並不認為，所以只是勉強配合的笑了兩聲：

「哈哈。為什麼？」

『阿照哦！嗜賭成性，欠了地下錢莊一大筆錢哩！沒辦法，只好把店頂了替他還錢囉。』

「幹嘛對他這麼好？」

『沒辦法嘛！他哭著下跪我耶！一個大男人的，看了實在很不忍心呀。』

「你們因為這樣分手？」

『是呀！我們後來關係搞得很糟，分了也好吧。』

「說的也是，如果換成我是妳的話可能會樂得想放鞭炮慶祝吧。」

『那時候可心酸的喲，我一個女人提著一箱的現金坐計程車去找地下錢莊的人耶！唉！我當時不過是十九歲的女生耶！竟得處理這種事！唉！我這是什麼命呀！』

「真不可思議，要我是妳的話就管他去死的，反正又不是我生的。」

『我們那時候本來還看好了房子車子哦，連訂金都付囉，沒想到就這樣什麼都沒了，真的是什麼都沒了耶！唉……』

我本來想問一下那個混帳有沒有因為我的詛咒而爛了小雞雞，但想想還是算了，畢竟我們正在吃東西。

『所以呢！我們上次說的事情怎麼樣？』

「哪個上次什麼事情？」

『第一次在電話裡呀！我說想請妳替我寫小說的事囉！』

哦哦哦，我想起來了，這就是為什麼我會說：抱歉，這種事我做不來。

我清了清喉嚨，有模有樣的說：

「事情是這樣的，第一、我封筆了；第二、我的主編都恨我，他們甚至連我的名字都不想再聽到看到，他們巴不得我這個人不存在，更別提讓我出書了；第三、我對阿照的事不感興趣，要真把他寫成故事的話，恐怕也只是一篇笑話而已，而笑話的名稱是為：天呀！我的小雞雞爛掉了。」

『什麼小雞雞爛掉？』

「沒什麼，我只是試圖想表現我的幽默，但很顯然的這並不好笑，總之，這種事情我做不來。」

我咬下最後一口西瓜，擦擦嘴巴準備閃人，順便還把桌上的糖包牙籤罐放進包包裡打算帶走。

『不是啦！我想請妳寫的並不是阿照的事，是後來的，與他無關的。』

「不管是什麼事我都沒興趣，因為我封筆了。」

『為什麼要封筆呢？妳的文筆很好呀！我很喜歡妳的小說耶！』

為什麼要說謊呢？我的文筆明明就很差呀！為什麼連文盲都知道很難看的小說卻偏偏要虛偽的說它好看呢？當一個人並沒有這項才能的時候為什麼卻還要欺騙他說其實做得很不錯請再努力呢？在這種時候明明就應該直接告訴他說：對，你不適合做這個，請放棄吧！為什麼不這麼說卻偏要說反話來浪費他的生命呢？所謂的謊言應該要用在更有意義的地方啊！為什麼連這一點都不懂呢！為什麼要這樣欺騙一個人呢？

我感覺到前所未有的憤怒，深呼吸了兩口氣以鎮定情緒，起身，說：

「今天謝謝妳的招待，有空再聯絡囉！BYE。」

吳宜珊並沒有追上來而我也沒有回頭看她的表情，並不是因為我怕會於心不忍，而是因為那根本不關我的事。

5

逃避不一定躲得過，面對不一定最難受
孤單不一定不快樂，得到不一定能長久
失去不一定不再有，轉身不一定是軟弱

那個宋育輪，雖然長得一副賤模賤樣的，但到底身為一個人類該有的心肝還是具備的，這點比起我來倒真是可取得多了。

她好像是被上次在這裡幹光我一盒家庭號香草冰淇淋之後的所見所聞給嚇壞了，並且非常擔心的在離開之後打電話要小翔過來探視我是否安好。

在流完汗後吃著小翔弄的難吃義大利麵時，我實在非常懷念那日本料理的美味，不知道吳宜珊是不是還願意頭殼壞去再帶我去吃胖個兩公斤呢？

吳宜珊……

「欸！你想一段感情為什麼要繼續下去呀？」

『我的天！妳這是在暗示我妳想要和我分手嗎？妳怎麼會說出這麼可怕的話來呢！I can't believe it!』

一段時間沒聽到小翔鬼吼鬼叫的文藝腔，沒想到感覺竟還挺懷念的，所以我難得好心情的也同他唸起話劇來：

「不是的！我的小親親，我只是在聽完一個老同學的遭遇之後才開始思考起這個問題的。」並且：「你可以懷疑屁為什麼是臭的大便為什麼是黃的，可你絕對不能懷疑我對你的愛呀！」再來：「Oh! My dear! You broke my heart!」

語畢，我小小的檢查一下我的手臂，還好沒起雞皮疙瘩，我想我的免疫能力真是遠遠超過我的預期了。

小翔大概也感覺真是夠了，所以他恢復了正常人的語氣，說：

『因為還沒想到要分手的理由呀。』

果真是小翔派作風，說了等於沒說；智商大概是會被影響的，否則小翔沒道理像宋育輪那樣蠢的。

『哪個朋友？我認識嗎？』

「你不認識，是我高中同學，最近才又聯絡上的。」

『是怎麼樣的一個人呀？』

「胸部很大的一個女生，據我的目測D Cup是跑不掉的，但身材還算不胖，兩腿細又長，嘖！她媽媽可還真是會生。」

『我指的是個性呀、為人這一類的，妳知道，咳……我對大胸部的女生沒興趣。』

難怪小翔會看上我！哼！好說！

「哦！你要講清楚呀！你的表達能力非常之差，我想你還是儘量不要和宋育輪太常見面的好。」

說完，我很得意的嘿嘿竊笑著。如果每天沒有講一句損損那小婊子的話，我就會覺得那天真是白白浪費過了。

「剛說到哪？」

『她的個性為人如何？』

「她是一個瞎了眼的女人。」

『盲女呀！真辛苦。』

「嘖！所謂的瞎了眼是形容詞，並不是她真的眼睛不能用。」

『這樣呀……怎麼說？』

「她竟蠢到想我替她寫小說。」

『她的題材妳沒興趣嗎？』

「誰曉得，我根本連聽都沒聽就拒絕了。」

『為什麼？搞不好是個不錯的題材哩。』

「那我可管不著，反正我封筆了。」

『不過我真覺得妳大可不必放棄得這麼快。』

「事實擺在眼前，沒有才能就是沒有才能，何必白白浪費我的時間呢，把那時間拿去睡覺多好，呵。」

『妳有仔細思考過妳的文字嗎？』

「我比較仔細思考我的存摺數目。」

『妳總是這樣。』

「哪樣？」

『一旦話說到妳的心裡，妳就馬上顧左右而言他的想要逃開，到底是為什麼呢？妳這樣缺乏安全感。』

我沒理會小翔而自顧自的喝了一口咖啡，嘴裡出現苦澀的滋味。

『妳的小說總是以男主角作為出發點而展開一個故事，妳是不願意任何人讀了會將主角和妳的本人做出任何聯想吧？妳不但害怕在書裡洩露自己，妳就是連筆名都讓人猜不透真正的性別，這麼做的確很安全但是卻太狡滑了！』

小翔看著我，我看著馬克杯裡的咖啡。

『而妳最狡滑的地方是，妳將自己放在書裡的某個角色，微不足道的，可能是連對白都沒有的小角色，我不知道；妳讓自己以旁觀者的姿態看著故事的進行，而現實生活中的妳也是採取這種姿態，就算是切身的事情也這樣。』

小翔看著我，我找出指甲刀開始剪腳指甲。

『妳的小說其實很好，只是妳自己怯於承認而已的這種話我是絕對說不出來的，起碼目前是不行的；但我真認為這對妳而言並非不可能的事，妳是有這項才能的，只是妳還不知道怎麼使用它，或者應該說是，妳還不願意去使用它。』

小翔看著我，我起身又泡了第二杯咖啡。

『妳知道妳寫作最大的困難在哪裡嗎？妳只願意把表面的故事道出，卻固執的避免掉內心深處的感受，但這並不代表妳不知道，而是妳不肯讓別人知道妳知道。』

小翔看著我，我抽了兩張面紙來回擦拭其實已經很潔淨的桌面。

『妳總是說討厭自己所寫過的小說，但是在我看來並不是這樣的，妳在書裡發出求救的信號，妳就是察覺到自己這個無意識的舉動了才會不肯再正視妳所寫的小說，甚至開始討厭這無意識的舉動。』

小翔看著我，我怔怔的將目光放向不知名的遠方。

『所以呢？妳為什麼要寫作？』

小翔看著我，我趴在桌上，哭泣。

哭到睡著之後，小翔把我抱到床上放著，然後他待了十分鐘左右，其間還趁我睡著跑到廁所偷偷抽菸，接著灑了大量的香水湮滅味道，並且又跑來偷看我兩眼，最後才放心的離開。

為什麼我會知道？因為我是裝睡的。

等到確定小翔離開之後，我馬上從床上跳下來，神經兮兮的坐在寫字檯前面，捉起筆筒打開窗戶往外面丟下去，接著我握著筆筒躲在窗戶下面等了差不多三分鐘，確定樓下並沒有傳來叫罵聲之後，才很不滿足的重新坐回寫字檯前。

我從包包裡拿出隨身攜帶的幸運筆然後抽出一張白紙，仔細的記錄下這寫字檯上的所有物品。

書十八冊——經常翻閱為零，擺著好看為十八。

字典三本——最後一次使用時間已不可考。

翻譯機兩台——不確定還有沒有電池。

筆筒一只——五分鐘前約還有二十隻筆，此刻空無一物，未來則無法確定。

檯燈一架——從宋育輪那幹來的。

面紙一盒——加油站贈品。

礦泉水一瓶——同上。

削鉛筆機一台——忘了是從誰那幹來的。

空白紙一疊——拿去賣的話可能連五毛錢都不到。

吃了一半的餅乾兩包——可能過期了也不一定。

街上發的廣告傳單七、八張——可以拿來摺紙垃圾筒，下次小翔來時別忘了教他要記得摺。

來路不明的卡片一張。

怪了？哪來的這卡片？

我抽出那張不曉得什麼時候被無意間當成書卡的卡片，打開來看之後，上頭有幾行潦草的字跡，寫著不知道從哪抄來的詞句：

逃避不一定躲得過
面對不一定最難受
孤單不一定不快樂
得到不一定能長久
失去不一定不再有
轉身不一定是軟弱

而最後一行字是：這樣不告而別的分手算什麼！

我怔怔的看了好久，難過的幾乎站不起來。

6

『而我無論如何也希望把我和他的事寫下來。』

「為什麼？」

『因為我確定我這輩子不會再這麼愛一個男人了。』

接到秋雯打來的電話，她劈頭就問：

『妳去看醫生了沒有？』

疑？我生病了嗎？摸了摸額頭，沒發燒呀！我還把記事本拿出來檢查，生理期也還算正常呀！

於是我反問：

「看什麼醫生？」

『心理醫生。』

嘖……

『還沒去看哦？』
愕！怎麼她不是開玩笑的哦？
「有沒有禮貌呀妳這個人。」
『哦……反正那也是遲早的事啦。』
「媽的。」
『哈！』
「幹嘛啦？」
『一起吃個飯咩。』
「妳請嗎？」
『妳說咧？』
「想也知道不可能。」
『嘿嘿。』

便宜的喫茶店裡——
最便宜的簡餐，身價也很便宜的我們兩個人，當我把筆往窗外丟下的這件事情說給秋雯聽時，她笑得很開心的樣子，並且也認為沒砸到人真是可惜。

我們就像是全世界所有能聊的話題都差不多聊完了的老朋友那樣，有時有一搭沒一搭的說些別人的閒話，有時各自望著別處發呆，甚至就是連為了避免尷尬而試著找話聊的這種客套行為都不做了。

「雅蘭怎麼還沒來呀？」

『待會吧。』

「那個雅蘭，人還真是不錯。」

『怎麼可能？妳第一天認識她哦？』

「真的喲！我們上次一起吃飯，結果她竟然還真的請客哩。」

『她還沒告訴妳哦？』

我有一種不祥的預感。

『那傢伙喲！趁妳去上廁所時從妳的錢包拿錢付帳假裝是她請客呀！妳回家後沒發現哦？真是夠蠢的了。』

可惡！我非殺了她不可！

我們接著又毒舌了雅蘭幾句，然後吸了幾口便宜的冰紅茶，便又各自無聊的發呆，真搞不懂這樣的見面除了浪費錢之外還有什麼意義嗎？

「妳想我們的人生還有什麼意義嗎？」

『什麼意思？』

「每天醒來也不知道這一天要怎麼過，睡覺時也不知道這一天是怎麼過的，唉！還會有誰過得比我慘嗎？」

『幹嘛不再回去唸完大學算了？』

「不要了。」

『當初幹嘛休學？』

「忘記了。」

我們接著又互相毒舌了幾句，然後把各自的冰紅茶喝乾，便又各自無聊的發呆，這樣的見面的確是除了花錢之外再沒別的意義了。

「我上次差點沒被小翔給氣死。」

『哦？』

「我把棉被摺得好好的，然後開始吸地。」

『妳一天起碼要吸二十次地板吧？』

「才沒那麼多，差不多一天十七次而已。」

『嘖！就說妳該去看醫生咩！妳這是強迫症。』

「強妳個頭！我只是比較愛乾淨而已。」

『潔癖也是強迫症的一種哦。』

懶得跟這蠢女人爭辯，於是我自顧著又繼續說：

「結果他光站在旁邊看也就算了，等我一收好吸塵器之後，那蠢蛋竟就高興的跳上床去把我摺好的棉被給弄亂，還『耶』了一聲耶！分明是想氣死我。」

『然後妳們就吵架了？』

「對。」

我們接著又毒舌了小翔幾句，然後把已經吸乾了的冰紅茶又吸了幾口，便又各自無聊的發呆，完全性沒有營養的見面哪簡直。

「不過妳和妳男朋友交往那麼久，感情還是那麼好哦。」

『怎麼說？』

「那吻痕哪。」

我指著她的脖子。

『不是，這是我們打架的傷痕。』

「太過分了吧！竟然打女人。」

『他更慘，小腿骨被我踢青了一塊，還痛得哭了出來，真沒用。』

嚇！真是一對動作派的情侶。

就當我誠惶誠恐的回想剛才的交談有沒有哪裡得罪秋雯的地方時，吳宜珊和雅蘭一高一矮笑嘻嘻的走進店裡，由於笑聲太過囂張，所有人都抬起頭來瞪她們一眼，連服務生來點餐時也是一副想要揍人的嘴臉。

「王八蛋！還我兩百塊來。」

『唉喲！妳幹嘛跟她講啦！哈～～』

「否則妳還想騙我到什麼時候！小人！卑鄙無恥不要臉！」

『有時候知道了又不一定比較快樂。』

雅蘭的這句話令氣氛陷入前所未有的冷場，她老是喜歡突然冒出一句自以為極富哲理的漂亮話，或許她是希望我會將那些話寫進小說裡也不一定，天曉得她是不是每天回家都拼了命的在想這些言不及義的漂亮話，但說真的，我可從不考慮把那些漂亮話寫進我的小說裡，坦白說我已經受夠了那些冠冕堂皇的漂亮話。

再說我都已經封筆好久了。

正當我又感覺到憤世嫉俗時，吳宜珊冷不防的又問了：

『所以呢！妳再考慮一下那件事嘛。』

嘖嘖嘖！這女人，可真夠鍥而不捨的了，像她這種精神不去賣保險直銷靈骨塔也真夠浪費人才的。

「我已經封筆了。」

『再寫一本也沒差嘛！反正妳在退稿界來講也是一姐了。』

媽的！我怒視著秋雯，但一想到她可是個動作派的女人，所以又不著痕跡的收回我的眼神，順便檢查一下我的小腿骨。

『聽聽看也不會怎麼樣呀！她的故事可精采的。』

所以吳宜珊就擅自開始說了。

『冰館收了之後我可慘的，回家住了一個月，未來也不知道能幹嘛，真是窮途末路了。』

聽到這，我們三個人不約而同的點頭，簡直是夠感同身受的了，事實上我們一直就是處於這種狀態裡，每天渾渾噩噩的過日子，聊天的重頭戲總是比誰過得最衰，充滿希望的未來對我們而言簡直像是外星人的語言一樣，就算聽得懂，也不可能是會從我們嘴裡講出來的話。

『後來有朋友介紹我到台北來做銀行的工作，我想也沒想的就答應了。』

「什麼工作？」

『房貸的放款工作。』

『可賺的，那陣子聽說她年薪百萬哩。』

『那是後來的事，一開始真的很慘。』

「有多慘？」

『報到的前一天我連住的地方都沒有，只好硬著頭皮拜託朋友借住幾天，身上還只有三千塊錢哩，唉！』

慘。

『後來我租到一個隔間的雅房，忘了幾坪但反正和棺材差不多大小，衣服還得吊在天花板上，下雨天還會漏水哩，唉！』

好慘。

『那地方離我公司又遠，為了省錢只好每天走四十分鐘的路上班，這就算了，偏偏我又是個路痴，前一個月都迷路了好久，好幾次還打電話叫房東出來帶我回家，唉！』

真的好慘。

『我第一個月只領到七千塊錢，根本不夠花，也不敢讓家裡人知道我的慘樣，只好三餐吃一個白饅頭，到公司拼命喝免費的咖啡，哈！我現在好懷念那咖啡喲。』

真是夠落魄的了！如果我們是感情豐富的善良好人，可能會聽得一把鼻涕一把眼淚的，但問題是我們並不是，所以我們是拼了命的哈哈大笑，還適度的唱起金包銀這首台語歌。

『那百萬年薪是怎麼來的？』

『沒辦法，只好比別人更努力囉。』

呿～～說給誰聽呀！

「那百萬年薪是怎麼來的？」

於是我又重覆問了一遍，眼神堅定的流露出不允許有場面話的那種。

『好啦好啦！我朋友幫我介紹男朋友，我一開始看到他就感覺不錯，交往後知道他竟是個有錢人就更愛他了！』

嘿嘿，果真我們是同一搭的沒錯。

『他幫我介紹很多有錢的朋友來找我貸款，託他的福，認識他之後我的業績是全公司第一，所謂的百萬年薪也是從那時候才開始的，當然，我自己也很努力的。』

顯然吳宜珊是想強調她自身的努力，但我們的注意力卻是放在那傢伙身上。

『說說那有錢男友咩。』

『他真的對我很好，但那時候我感覺我愛他是比他愛我多的。』

吳宜珊突然說出這麼無聊的話來，害我差點想打瞌睡了。

好像全世界每一段感情都是開始於「他對我很好」，然後結束於「都是我的錯」，簡直是夠無聊的了，不信的話去問每個女生，她們肯定都是這麼回答的。

『認識他的時候哦！我雖然很窮但還是很愛漂亮，所以就找了一家便宜的家庭髮廊燙頭髮，結果竟被燙成一個歐巴桑頭，害我付錢的時候腿軟了一下，最後還哭著走回家哩。』

「所謂的歐巴桑頭是？」

『趙薇在少林足球裡燙的那個頭，更慘的是我還是短髮，所有人看了少林足球都是哈哈大笑的，只有我看了是難過得想自殺。』

我們又是一陣爆笑兼毒舌，最後做成的結論是應該放火燒了那家髮廊以及那男的真是瞎了眼竟會想和一個頂著歐巴桑頭的少女交往。

『他是因為那髮型和妳分手的嗎？哇哈哈！』

「他那時候怎麼還願意和妳一起出現在公眾場合呢！噗嗤！」

我們一直兇狠的嘲笑到吳宜珊認為不應該再嘲笑她下去而快翻臉時才適時的改變話題：

「那你們到底怎麼分手的？」

『因為他太花心囉！雖然他對外承認我是他的女朋友，但還是同時又和別的女人上床，唉！他本來就花心慣了，和我交往後也沒收斂多少。』

臭男人。我們三個異口同聲；我又在心底詛咒他小雞雞爛掉，至於她們兩個有沒有在心底也詛咒些什麼我則無法確定。

『我那時候甚至想和他結婚哦！很想很想哦！但我就算再愛他到底還是受不了他的花心，後來還是決定分手了，連那工作也不要了。』

唉！好好的百萬年薪就這樣飛了！聽得我心都痛了。

於是心痛的我稀哩呼嚕的把冰紅茶一口氣喝乾之後，很乾脆的回絕：

「這個題材我也是沒興趣的，寫了也只會是灰姑娘的現代版，再說我的小說一向不走夢幻路線的。」

『不是這個啦！是後來的。』

呀？還有後來？這女人還沒衰夠嗎？

我決定在吳宜珊極力說服我而造成空前的尷尬之前確認一件事情——

「但為什麼要找我呢？我的小說根本沒人喜歡呀！就算真寫出來也不一定有出版社願意用呀。」

『因為妳坐我隔壁。』

吳宜珊說，我們的思緒同時回到高中的那時候，我們相視而笑。

『而且如果妳讀過她的小說之後，應該就會打消這個念頭了吧，哇哈哈～～』

『是哦是哦！她的小說不知道快搞掉幾個主編了！哈！』

媽的！這雖然是擺在眼前而自己也心知肚明的事實，但是從別人的嘴裡說出來我就是特別心酸，而且竟還當著我的面說！就算是交情再深的朋友說話也該有個限度吧！可惡！

我在心底詛咒這兩個女人便秘二十年。

『說真的，我之所以會拜託妳的原因是因為我也只認識妳這個作家朋友。』

嘖！這的確是說真的沒錯。

『而我無論如何也希望把我和他的事寫下來。』

「為什麼？」

『因為我確定我這輩子不會再這麼愛一個男人了。』

我的心揪了一下，但我仍是告訴吳宜珊說再考慮考慮，然後我們又聊了些什麼我則是一概忘了，不過我上廁所時有記得將錢包隨身攜帶的這件事我倒是記得很清楚。

7

躲進電話亭裡從牛仔褲口袋掏出六枚硬幣，想打電話隨便找個誰出來一起看電影，結果他們卻說真不是看電影的好天氣，用掉了六枚的硬幣，換來六塊錢的寂寞。

原來我的寂寞廉價成這樣。

到底要不要替吳宜珊寫小說的事情還沒決定好，結果又和小翔吵了一架，真是煩的我。

其實本來也沒什麼，和小翔開開心心的約了看電影，結果他臨時被事情絆住了，遲了半小時才赴約；小翔一出現我面前就急急忙忙的道歉，剛好今天我心情好的不得了，所以只是輕鬆的說：沒關係，走吧！電影快演了。

結果小翔就生氣了，簡直莫名奇妙。

『就這樣？』

「不然咧？」

『這未免太詭異了吧！往常只要我遲到超過十分鐘妳早就用手機奪命連環CALL了！』

「我手機帳單沒繳，打不出去了嘛。」

『再不然等我到時妳一定也是氣得兇我，要不擺臭臉要不當場走人，呼我巴掌是不太可能因為妳懶得花力氣，但結果妳卻什麼反應也沒有！這其中一定有什麼陰謀！』

「我聽不出來這有什麼問題。」

『這就是問題的所在！本來該有的反應妳卻一樣也沒有表現，這太違反自然了！妳是不是有什麼事情瞞我？』

本來我沒火氣的，被小翔這麼一嚷嚷倒也真的就火了，接著我說：我大概一個星期不想看到你；然後我就隨手攔了一輛計程車走人了。

什麼毛病嘛！

如果把這件事情告訴別人的話，他們八成會以為這是我在說笑話，如果是秋雯的話，肯定又要扯一些被害妄想症啥有的沒的。

這個世界不正常！

『什麼？』

司機從後照鏡看我，他有一雙看起來讓人很想吐他口水的三角眼。

「什麼什麼？」

『妳剛不是說這世界不正常嗎？』

不妙！

果真就如同我預期的那樣，三角眼司機從「我也這樣認為」開始一路談起政治呀台獨呀兩岸呀九一一呀失業率呀陳水扁呀李登輝呀連戰呀宋楚瑜的，拉拉喳喳的說個沒完沒了，簡直是一發不可收拾。

難怪我一開始沒意識到我正在搭計程車，原來是少了這些。

三角眼一直口沫橫飛的發表他的政治觀點人生看法，就像是全世界的計程車司機都會問的那樣問起我的政治立場，我隨口說了一句：「我還沒有投票權。」之後就一直盯著跳錶看；而三角眼則是繼續哇啦哇啦的說個不停，一副好像三十年沒跟人說過話的模樣。

有些人就是喜歡以聲音來提醒別人他的存在。

當我看到數字顯示到一百二十五的時候馬上就說了我要下車，而三角眼在找我零錢時還嘀嘀咕咕的自我辯論外星人到底存不存在。

下車之後我漫無目的地隨意亂走，太陽很大，整座台北城悶的跟烤箱沒有兩樣，途中經過一家便利店時本來想走進去看免錢雜誌吹免錢冷氣，但是看到店門口有一隻白色大流浪狗吐著舌頭納涼，等待有人進出為牠送來短暫的清涼後我就改變決定了。我和流浪狗的差別只在於我會走進去吹冷氣而牠不會，除此之外，我們簡直沒有兩樣。

這個念頭害我沮喪的不得了，我於是又繼續往前走了一會兒想找家STARBUCKS喝杯焦糖冰咖啡，但想想獨自上STARBUCKS就代表得自己付帳，所以念頭一轉就在小巷子裡找了家便宜喫茶店坐了下來並且點了杯大的百香冰紅茶。

我一面翻著每期必看的壹週刊一面等待我的百香紅茶，當我讀完記者繪聲繪影的推敲小S是不是懷孕的時候，小姐給我送上一杯小的百香紅茶。

「小姐，我點的是大杯的哦。」

『呀！對不起，我馬上幫妳換。』

「算了啦，小杯的也好。」

『這是我的錯，我馬上幫妳換。』
「真的沒關係啦，小杯的也沒差的。」
『不行不行，這都是我的錯，請讓我馬上幫妳換。』
「我都已經說了小杯的沒關係，妳這個人是什麼毛病呀？」
忍不住我還是吼了她，那小姐嚇得把百香紅茶放下就拔腿小跑步離開，一副遇到瘋婆娘的蠢樣。

為什麼要這樣呢？我都說了沒關係她為什麼就是堅持要換呢？我本來只是想表達我的體貼以及大而化之，為什麼偏偏就是要把我惹毛呢？搞到後來卻變成好像是我個性很惡劣一樣，為什麼全世界的人都要惹我生氣呢？是不是每個人都討厭我呢？
我越想越委屈，竟就對著牆壁哭了出來。
剛才那女的一副好像想過來拍拍我的肩膀但想想還是算了因為我是個惹人厭的傢伙於是作罷的表情。
這樣不對！

我最近越來越愛哭了，搞什麼封筆之我反而變得多愁善感了起來，老是哭哭啼啼的也不是辦法，再這樣下去我遲早會討厭的想揍我自己一頓。

我於是急急忙忙的喝乾了小杯的百香紅茶，把錢扔在桌上，以一種做賊心虛的姿態逃離。

我把我短暫的軟弱行為丟在那家我永遠不會再光顧的便宜喫茶店裡，在心底告訴自己我可不再是一個軟弱沒用的女人了。

走出喫茶店的時候，太陽已經被一大塊的烏雲給遮起來了，空氣既悶熱又潮濕，根據我活了二十三年的經驗來判斷想必是快下雨了吧。

我抬頭觀察天空，有幾個傻蛋也跟著好奇的抬頭張望，我搖搖頭快步離開。果真當我信步走到華納威秀的時候天空已經滴滴答答的下起針似的斜雨，躲進電話亭裡從牛仔褲口袋掏出六枚硬幣，想打電話隨便找個誰出來一起看電影，結果他們卻說真不是看電影的好天氣，用掉了六枚的硬幣，換來六塊錢的寂寞。

原來我的寂寞廉價成這樣。

嘆了口氣，我撿了一個沒有人排隊的窗口買了一張電影票，隨便什麼電影都好，無所謂，我想要的是看電影的本身而非電影的內容。

捏著票根找到我的位子坐下，看見左前方有一對看起來像是很怕別人不知道他們是情侶的醜情侶以一種誇張的姿態親熱著，那女的整個人蜷在那男的懷裡喘氣著，那男的則是熱切的親吻著女朋友的醜臉，從我的角度看去那男的簡直就像是要把那醜臉給吞下去了，害我一度緊張的想打電話叫救護車，原因不是想擔心那女的性命安危，而是怕那男的吞了那樣醜的一張臉後會瀉肚子。

如果把這兩個人也當成電影看待的話，那應該可以拍成一部恐怖片，並且兩個人都不需要化恐怖妝就可以直接上鏡了。

我持續觀賞醜情侶表演親熱戲大約十五分鐘之後，就開始想要專心看真正的電影，但突然想起昨晚好像做夢夢到發生火災，於是我接著又緊張兮兮的直盯著警示燈，最後終於因為緊張過度而疲憊的沉沉睡去。

再醒來時是因為全場的燈打亮並且我發現我好像還睡到落枕了。

我用手背把嘴角的口水擦掉，歪著脖子走出華納威秀時，天空已經放晴了，而我的肚子則是餓得響了兩聲，至於我看了什麼電影、電影又演了什麼，我則完全性的不知道。

離開華納威秀之後我一個人跑去吃麵，本來我點的是海鮮炒麵結果把頭髮從左邊梳到右邊的禿頭老闆卻送上海鮮燴飯，這次我什麼也沒說就吃了起來，反正拉出來的形狀味道還不都一樣。

這一整天下來我心底一直存在著不被了解的痛苦。

不被了解是一件相當累人的事情，走出麵店的時候我整個人累得像是就要虛脫了一樣，沒有辦法只好就近找了個地方靠著，牛仔褲後口袋放的是一整天沒響過的手機，心裡想的是待會還是去買杯STARBUCKS的焦糖冰咖啡好了。

突然我的衣角被人拉了拉，轉頭一看卻沒有半個人，才在驚訝莫非是活見鬼了嗎的時候，接著一個小男童稚嫩的聲音就從下方傳到我的耳膜。

順著視線看下去是一個穿著相當寒酸的小男童，他口齒不清的說著些什麼，眼底透露出來的訊息彷彿正在說著：「我是絕對不可能原諒妳的。」

不知怎麼的我當下聯想到流浪兒在街上胡亂認親的故事，我連忙搖頭晃腦的說：

「不是不是，我不是你媽媽。」

小男童的眼神越來越憤怒，我只好寡廉鮮恥、管他聽了懂是不懂的說：

「我其實還是個處女，我並且只有十七歲，我有相當堅定的證據證明我絕對不可能會有小孩，更何況還是像你這麼大的一個。」

『這是我們家要賣錢的紙箱啦！』

小男孩已經急得快要跳腳，我這才意會過來原來是他誤會我要搶他家的紙箱去賣而我誤會他要半路認我作娘，我趕忙掏出五十塊硬幣交到他小小的手上道歉賠罪，然後告訴他說天氣好熱拿這錢去買個什麼飲料喝吧，最後我羞愧的快步離開。

當我快走了差不多二十五分尺時，就是在這個時候，我看見你，遠遠的出現在我眼前。

你站在街的一角，正等著信號由紅轉綠，我在你的左側方呆住，你沒發現我。

錯不了的，那修長的身影，那俊俏的面容，你竟然還是我記憶裡的模樣。

我感覺到一陣昏眩，當下只有一個念頭——

快逃！

你為什麼要來台北？

8

這種感覺就好像看牙醫一樣，雖然早知道會痛，不管再怎麼拖延也是遲早得面對的，到底還是得痛的。

而原來，分手和看牙醫到底是不一樣的，因為分手是怎麼都準備不來的。

累得像條老狗一樣的回到家之後，卻發現小翔正待在我的公寓裡，而且還沒有鎖門。

「你忘記鎖門了。」

『這什麼？』

小翔手裡拿著幾天前被我無意間翻出來的陳年卡片，眼底是我不曾見過的冷漠。

「你怎麼亂翻我的東西？」

『我沒有。』

「沒有才怪。」

『我本來是想找帳單替妳把手機費用繳清的，是妳自己把這卡片亂丟。』
「你馬上給我道歉，並且我大概兩個星期不想看到你。」
『誰寫給妳的？』
「干你屁事。」
『為什麼不敢告訴我？妳還背著我跟誰交往是不是？』
「你有沒有長眼睛哪？自己女朋友的筆跡你看不出來？」
『這是怎麼回事？』
「不關你的事。」
我一把搶過那卡片，偷偷慶幸還好信封沒和它擱在一起。
『最下面的名字是誰？』
「你不認識。」
『妳為什麼要寫這樣一張卡片給自己？』
「與你無關。」
『我最後再問你一次，這是怎麼回事？』

「我最後再告訴你一次，這與你無關。」

『這太過分了，妳從來不告訴我妳過去的感情生活，甚至是我主動問了，妳也從來不說。』

「因為沒有必要。」

『但我什麼都告訴妳了！我的初戀、我的第一次，我交往過的每一個女生，我都清清楚楚的告訴妳了。』

「是你自己愛說的。」

『妳真的讓我很失望。』

我讓小翔很失望？我簡直難以置信小翔竟說出這麼傷人的話來！

「你給我聽好了，我只是你的女朋友，除此之外再沒有別的了！你不要把我當成你的附屬品，你沒資格要求我做任何我不願意做的事情！我也沒有必要成為你希望我成為的哪一種人！你不要老是搞不清楚狀況把自己弄得像個笑話一樣。」

『這就是妳對我的想法？』

其實我此時在心底小小的後悔了一下，因為我好像說得太過火了，但礙於面子並且正在氣頭上，所以無論如何我是不可能示弱的。

『好，我明白妳的意思了。』

小翔再度摔門離去，不，也許這是最後一次了也不一定。

我有預感這次我們是真的完了，走完了，這條愛情路，我們真的走完了。

好奇怪的感覺，過去我好幾次在心裡揣想過和小翔會有的分手畫面，而這次也和我想像中的相差不遠；我從來就不預期我們會像日劇中的那樣互相祝福還做作的說能夠被對方愛過就已經此生足矣，但奇怪的是雖然我早也料到會有這麼一天，但心還是仍然陣陣作痛。

這種感覺就好像看牙醫一樣，雖然早知道會痛，不管再怎麼拖延也是遲早得面對的，到底還是得痛的。

而原來，分手和看牙醫到底是不一樣的，因為分手是怎麼都準備不來的。

我決定回家，並不是因為想暫時分開一陣子彼此冷靜想清楚，而是再不回家拿錢的話，我大概就要淪落到街上乞討了。

搭了兩個半小時的客運到回久違的家，當行李放下的那一刻，我著實感覺到回家的感覺真好，因為這沉重的行李差點害我提到手脫臼。

這就是為什麼我不愛回家的原因，第一、得花錢買車票，第二、得排隊等上車；第三、得忍受起碼兩個小時以上的車程（我有密閉空間恐懼症，一路上我都想放聲尖叫大喊救命並且懷疑我就快要死掉了）；第四也是最重要的原因——免不了的會被問起我一無進展的生活狀況，然後我得同時面對四張嘴巴的哀聲嘆氣。

平時和秋雯那干不長進的人等混慣了，感覺就像是入鮑魚店久而不聞其臭一樣，絲毫不會察覺到我的生活態度是如此之令人垢病，但是一旦回到家裡來，我掩耳盜鈴般的逃避心態立刻就會被殘酷的表露無遺。

一家五口的晚餐——

當這四個人一聽說我打算封筆放棄這華而不實的作家大夢之後，他們先是掩嘴偷笑再是露出欣喜之情，最後七嘴八舌的想要替我決定我的人生。

「跟媽媽一起做保險吧！剛開始可能會辛苦些，但是等到上手之後，可是會賺到手軟呢。」

這是我娘的建議。

「妳難道不明白女人的人際關係之差嗎？不要聽信什麼潛力開發的鬼話，那只會把人逼瘋而已。」

「回去把大學唸完吧！這年頭連大學都沒畢業像什麼話。」

這是我姐的建議。

「妹妹我當初之所以會休學完全只是因為搶在被退學之前給自己留點面子而已，我早就覺悟到自己不是讀書的料了，何必再回學校自取其辱呢。」

「乾脆嫁給妳男朋友讓他養好了啦！反正我看除了他之外也不會再有人想娶妳了吧。」

這是我弟的建議。

「你給我閉嘴！輪不到你來教訓姐姐，而且他的名字叫作小翔不叫作我男朋友。」

晚餐後我悠悠哉哉的坐到沙發上喝茶看報吃水果，不知道為什麼我娘竟然以一種彷彿看到大明星出現在她家的眼神盯著我瞧，我才在捫心自問：「難道女兒真的美的連親娘都感覺到不可置信嗎？」的時候，我娘就說了：

『去洗碗哪！杵在這像什麼話。』

「我？這個妳好久不見一個人獨居在外與現實奮鬥的小女兒我？」

『妳，這個沒錢不會回家一個人賴在外面從來沒有繳過所得稅對於國家一點貢獻都沒有的賴子妳。』

夠狠！果真薑是老的辣。

「唉喲～～下次啦！坐了一整天車可把我累的。」

『快——去！妳還以為自己是客人哪妳。』

過分！

在我家洗碗是一件相當麻煩的事情，因為我娘嚴格規定洗一次碗得用四塊菜瓜布（並且她只用3M出品的菜瓜布），分別是油膩類專用菜瓜布、非油膩類專用菜瓜布、沖淨時油膩類專用菜瓜布，及沖淨時非油膩類專用菜瓜布。

小翔第一次來我家做客時曾經自告奮勇說要洗碗，結果因為不懂我娘的規定而一塊菜瓜布使用到底，結果當晚我娘神經質的把所有的碗盤全部又翻出來重新以她自己的方式再洗過一遍。

那個時候小翔還抱著我開玩笑的說如果他會和我分手的話大概就是因為我家的洗碗方式吧！

哼！這花言巧語的王八蛋！到頭來不過也是個光會說漂亮話的蠢貨罷了！

為了花言巧語光會說漂亮話的王八蛋，我在洗澡的時候還小小的哭了一下，然後就早早睡覺去了。

還是睡覺最實在，只要睡著了就什麼事也不必想不必做，什麼煩惱都可以管他去的了。

隔天醒來之後，我娘以一副別有目的口氣說要載女兒出去吃頓豐盛的早餐好促進母女感情，果不其然，吃完麥當勞之後她就霸王硬上弓的把我載到他們公司開早會。

看著這一群保險人像是某種不法宗教集團似的開著令人費疑猜的精神早會，甚至還做起健康操並且還精神喊話似的唸著「今天會更好」、「I am the Best!」之類自欺欺人的愚蠢教條式口號並且句尾語氣千篇一律都會上揚時，我對身旁一副陶醉其中的我娘說要去上廁所，然後就趕緊尿遁走人了。

我找了一家很久沒去的咖啡館待著，大概在喝了第七口咖啡的時候，我的手機顯示吳宜珊的來電。

『喂！我是吳宜珊呀！』

「抱歉，這種事我做不來。」

『妳在說什麼呀！哈哈哈！』

我只是先回答她而已，誰不曉得她打電話來幹嘛！

『晚上一起吃個飯咩。』

「真不巧，我現人在台中哩！嘿嘿。」

哈哈哈！無法得逞了吧！

『真巧，我這週末也要回家哩！到時候台中見囉。』

嘖嘖嘖！果真是鍥而不捨一百分。

「妳還是別白費心機了。」

『我到家之後再打電話給妳囉！掰伊～～』

然後吳宜珊就搶先掛了電話。

嘖。

9

如果我們把自己變回當初的模樣回到當初的地方，那麼是不是就可以假裝後來的一切沒有發生過？

沒辦法還是跟吳宜珊見了面，因為台北是暫時不想回去了，而待在家裡和電視乾瞪眼又很無聊，真不曉得這一家四口人都在上進個什麼勁，每個人忙得都像在搞特務一樣。

不如讓吳宜珊請吃飯也好，順便聽聽她後來又遇到什麼衰事其實也挺有趣的，每次只要聽到有人過得比我衰時我的心情就會特別愉快；至於小說愛寫不寫則是我自己的事情，如果她問起的話，我起碼有十個以上的理由可以打發她。

例如說：「我還在構思。」又或者：「我寫了又刪了，因為覺得不夠好。」；再不然：「我的筆最近剛好都斷水了，或許過幾天我去唱KTV幹些新筆回來再說吧。」

『好久沒回台中了，好懷念哪！哈哈哈。』

「哈。」

怎麼樣？夠敷衍吧。

『去哪好？』

「不曉得，我也好久沒回來了，感覺好像什麼都變了，又好像什麼都沒變一樣。」

『就是呀。』

「我昨天突然有個念頭，如果我把髮型剪回當初的模樣，再穿上當初的衣服，這樣的話，是不是就可以假裝回到過去？」

『妳這些話是打算寫進小說裡嗎？』

「不是。」

『那是？』

「我的意思是，如果我們把自己變回當初的模樣回到當初的地方，那麼是不是就可以假裝後來的一切沒有發生過？」

『我可不想這樣。』

「唔？」

『所有發生過的一切，不管是好的或是壞的，我都不會想要將它捨棄，因為那都是屬於我的一部份，沒有發生過那些就不可能會有現在的我，就算會有現在的我，也不可能會是現在的這個我。』

「難得聽妳說這麼有深度的話。」

『總而言之，所有發生在我身上的事，我都是以一種很珍惜的心情看待它們的。』

嘖嘖嘖，這女人，外表看來雖然傻不隆咚的，但沒想到骨子裡原來是個愛唱高調的傢伙。

『回學校附近去看看吧。』

「唔？」

『畢業後都沒回去過了，走吧！』

所以我們就回學校了。

本來是想進去校園裡走走的，但看到門口的警衛長了一副生人勿近的惡臉，並且頂上燙著一顆看起來很像是殺過兩、三個人的捲平頭；搞不好我們只是跟他打聲招呼就會被吐得滿臉檳榔汁，我們說想進去看看他馬上就拿出開山刀來砍人。

所以想想還是算了，這好像是我們倆第一次這麼有默契的達到共識。

我們只是在校園附近走著，以一種懷舊的心情，但這所謂的懷舊心情是只限於吳宜珊的，至於我本人可一點也不懷舊。

『啊！那家滷味攤收了呀。』

「反正那東西很難吃，老闆娘又長得討人厭，收了也好，當初校長沒發給她一張妨礙校容的罰單大概是因為校長本身也長得妨礙校容吧。」

吳宜珊聽了之後並沒有回應我的幽默，逕自又說：

『這家早餐店倒是還在嘛！』

「搞不懂怎麼能經營這麼久，他們的東西充其量只能賣給沒有味蕾的人吃，記得有次我買了去餵流浪狗，結果還因為太難吃差點被狗咬。」

『妳為什麼要這麼憤怒呢？』

「因為我憤世嫉俗。」

『為什麼？』

「不用為什麼。」

我在想如果不是因為吳宜珊有求於我而且不知道我並不打算幫她的話，可能在這個時候她就會想要和我道別，並且說大概從這輩子到下輩子都可以不必再聯絡了。

但問題是吳宜珊有求於我而且不知道我並不打算幫她，所以她只是提議我們去從前放學後常去吃晚餐的餐飲店午餐。

在吃了從前每來必點的綜合壽司以及關東煮還有喝了大量的免費紅茶之後，我們又決定去從前常把整個週六下午耗在那裡的喫茶店繼續喝茶。

我記得以前每次一群人來的時候，我們就會忝不知恥的和店老闆拗九折折扣，有次我打破玻璃杯被要求賠錢時仍然拗了九折，為此我在心疼賠錢之餘還為這額外的九折折扣小小的竊喜了一下。

如果我把這些事告訴秋雯或雅蘭的話，她們八成會驚訝於何以我竟能記得如此清楚，因為我的記憶力衰退早已經是公認的事實了，只差沒有去報名金世世界記錄而已，而獎項名稱會是世界上最年輕的老年痴呆症患者。

那麼為什麼此刻我卻能記得這麼清楚？答案其實很簡單，因為我是裝的。

我把自己裝成記性很差以逃避回憶，然而偽裝久了就是連我自己都忘記我這是在偽裝；如果要說這是種自我催眠的話也是可以吧！我把自己催眠成什麼都不記得了，一旦沉溺於『什麼都不記得了』的這種情境之下久了，還真的就什麼也不記得了。

那麼，為什麼突然間我又什麼都記得了，或者應該說是，為什麼突然間我會知道我是偽裝成什麼都不記得而並非真的什麼都不記得的？

答案其實還是很簡單，因為你。

因為我又遇見了你，遇見了讓我之所以想要逃避回憶的你，在看見你的那一剎那間，儘管我們並沒有交談，甚至可以說是，你並沒有看見我，又或者應該說是，我只是瞥見了你幾秒鐘就馬上膽小的拔腿逃跑。

但儘管只是幾秒鐘，我仍然可以很清楚的知道，我一切都記得清清楚楚的，並且也，不能再偽裝了。

不想再偽裝了，我是這麼告訴自己的。

此時坐在喫茶店裡吸著大杯的百香紅茶並且注意著別再打翻杯子的同時，我問了吳宜珊一個問題：

「有沒有哪首歌是讓妳最感動的？」

『什麼意思？』

「也就是說，有沒有哪首歌是唱進了妳的心底的？」

『痶澄慶的《愛到底》。』

吳宜珊幾乎是沒有考慮的說。

『那首歌好像是把我和陳仁鴻的故事給完全唱了出來。』

「陳仁鴻？」

『就是我想請妳寫下來的故事，是我和陳仁鴻的故事。』

「嗯。」

『意思是？』

「意思是我決定替妳寫了，不過下次再告訴我好嗎？」

『好呀！不過妳怎麼突然問？』

「我習慣在小說裡放首切合故事的歌，因為這樣可以偷懶省些字數。」

吳宜珊笑了，笑得很開心，笑得幾乎都流出了眼淚來；但她沒問我：那我呢？

倘若她問了的話，我是會據實以告，並且像她那般毫不考慮的回答：莫文蔚的《愛》。

10

我難相處的個性並不是裝的。我是怎麼的人不用妳管，我沒必要成為妳希望成為的那種人。

成功的向我娘要到錢並且回到台北之後，我馬上到書局買了一打新的鉛筆並且回家立刻削得尖尖的；在削鉛筆的同時，我努力的構思著該如何寫下開場白呢？

『抱歉，這種事我做不來』嗎？真是有夠爛的開場白，畢竟是太久沒動筆了，寫作的感覺竟會變得如此生澀，想當初我寫的開場白是多麼的精采呀！

例如：怎麼會用彼得潘這個暱稱呢？其實都是小薇的緣故。

或者：我二十三歲，我沒談過戀愛。

再不然：到目前為止一切都沒有順利過的人生，真的還有再繼續下去的必要嗎。

算了算了，還是別再自欺欺人的好，想想那些書現在不都擺在出版社的倉庫惹主編及老闆流眼淚嗎？

真是的，想得我心情都差了。

其實秋雯她們嘴巴雖然賤歸賤，但想想說的倒也還不無道理，再多寫一部小說也不會少塊肉，再說我在退稿界還真是天后級的人物了呢！退稿這件事對我來說簡直就好像呼吸一樣自然——

還是別想這些好了，想得我心情又差了。

隔天我約了吳宜珊到公寓來聽她說故事，為什麼不在外面讓她請吃飯呢？並不是因為我良心發現過意不去要她花錢，完全只是因為我回來之後才發現原來少了小翔的公寓竟會空虛成這樣。

小翔？

小翔一直沒再打電話來，或許我們的事等到小說寫完再說吧！免得我想得心情繼續差下去。

當吳宜珊環顧著我的公寓時，我正忙著泡咖啡給我們喝，當她看到我的咖啡時，竟驚喜的說這就是她之前落魄時在那公司喝來填飽肚子的免費咖啡呀！當場我不知道是該高興還是該尷尬。

『這也不是我願意的，誰教我喝不慣妳的即溶咖啡，只好自備囉！不是我在說的，妳那咖啡簡直不是給人喝的嘛！』

宋育輪？

搞不好那小婊子這次真的趁虛而入把小翔弄到手了。

不行不行，可千萬別再胡思亂想了。

「那麼，請開始說吧。」

為了避免我再繼續心情差下去，所以我直接就要吳宜珊切入主題了。

『那時候雖然提出分手的人是我，但我還是好難過好難過，所以就決定再度回家療傷了。』

有必要說明一下，其實吳宜珊從頭到尾已經提過好幾次那個有錢男人的名字了，但無奈我怎麼就是記不住他的名字，大概是因為他的有錢比他的名字帶給我的印象更深刻吧！再說反正他那麼有錢，所以我想直接稱呼他為有錢男人即可。

『就是在回家休養的那幾天，我遇見了陳仁鴻，他是我的國中同學兼初戀情人。』

「原來是資源回收的愛情呀。」

『什麼意思？』

「並沒有什麼意思，只是我仍舊試圖想表達我的幽默，但由此可證我是個完全沒有幽默感的女生；說到這，妳有沒有聽過陳珊妮的《我從來不是幽默的女生》？」

很顯然吳宜珊並不想要理會我，她自顧著又說：

『我們國中時在學校裡可是很出名的情侶哦！連訓導主任都每天盯著我們呢！呵！』

有必要再說明一下，其實吳宜珊有特地強調那訓導主任的名諱，只是我在心底琢磨著這人不過是個不重要的小CAST，所以就懶得特地去記名字了。

『所以那天當我們在茶店裡重逢時，和我一起的學長姐還很吃驚的捏著我的手臂說：陳仁鴻耶！』

吳宜珊說話的時候一直不斷帶著動作，還當真捏了我的手臂一把，簡直像個唱作俱佳的演員；瞧她一副沉浸在回憶裡的模樣，真不曉得在自我陶醉什麼。

「說說你們第一次是怎麼開始交往的吧！」

『要把他追我的過程仔細交待清楚嗎？』

這倒是不必了！老娘我可沒耐心聽這些國中小男女的風花雪月。

「直接說妳為什麼答應和他交往就可以了。」

『哦，因為他對我很好——』

BINGO！又是這個標準答案，我看待會不去買張樂透是不行的。

「那第一次是怎麼分手的？」

『不用談談我們交往的過程嗎？』

「那重要嗎？」

『當然重要哪！那是我的一部份，我最珍貴的回——』

「好吧好吧，請說吧。」

真是麻煩死了。

『國中時陳仁鴻是放牛班的頭頭，而我則是升學班的。』

「升學班？那我們怎麼會在那個鬼高中遇到？」

吳宜珊瞪了我一眼，說：

『因為後來太過專心談戀愛所以荒廢了學業，這樣可以嗎？』

什麼嘛！那是什麼眼神嘛！我們淪落到那種高中成為同學本來就是既定的事實，

幹嘛一副想要否認的眼神呢？之前還口口聲聲說每件發生在她身上的事件都是珍貴的回憶，怎麼考到爛學校就變成了不願別人提起的回憶了嗎？未免太勢利了吧！真是名副其實光說漂亮話的愛唱高調者。

我一肚子火的起身泡了第二杯咖啡，如此才能稍稍怒火平熄的坐來下聽吳宜珊繼續再說：

『那時候訓導主任還把我叫到訓導處說：不要看一顆蘋果好像外表還很漂亮，但其實裡頭都已經給蟲蛀光了。』

「指陳仁鴻？」

『嗯，他非常希望我們分手，說是怕陳仁鴻帶壞了我，影響我的成績，他根本不懂我們的愛情。』

「他是不是為了這個比喻回家想了兩天兩夜，想出來之後還洋洋得意的迫不及待想要告訴妳呀！哈！」

『哈。』

嘖！就算我的幽默很冷，也沒必要敷衍得這麼明顯吧。

『我是一年級的模範生，而陳仁鴻是三年級的，那時候訓導主任還要我分手否則他要取消陳仁鴻的模範生資格。』

「當模範生有錢拿嗎？」

『當然沒有呀！又不是選議員。』

「那不當也無所謂嘛。」

吳宜珊再度又瞪了我一眼，一副怎麼同學我滿身銅臭味似的自命清高樣，關於這點她差不多快把我給惹毛了。

『但是我好想好想他當模範生哦！所以就聽訓導主任的話，他還親自監督我寫分手信喏。』

「妳是不是瓊瑤戲看多了？」

吳宜珊起身也泡了第二杯咖啡，看來她也快被我惹火了。

如果不是因為我有書為證，否則她八成會以為我自稱為小說家的這件事是在唬爛人吧。

本來嘛！寫小說的人就非得懂那些風花雪月嗎？為什麼要有這種錯誤的刻板印象呢？這麼說的話政治家都很會搞錢嗎？不一定嘛這個！

『那時候陳仁鴻很喜歡蹺課翻牆到旁邊的果園摘水果——』

「Excuse me.」

『What?』

「沒什麼，只是我對於『蹺課爬牆是為了摘水果』還有『學校旁邊是果園』的這兩件事情感到吃驚而已，對了，你們那時候家裡還是點煤油燈並且全村只有一戶人家有電話嗎？」

『真對不起哦！我們那是鄉下地方，果園到處都是，這樣可以嗎？』

嘖嘖嘖！殺氣很重的樣子。

『有一次陳仁鴻爬牆又被訓導主任捉到，他火得把陳仁鴻叫到訓導處前面罰站一下午，看得我好心疼哦。』

「心疼心疼。」

『我每節下課都跑去看他，還買飲料給他喝呢。』

「不錯不錯。」

『最後忍不住我還親了他喲！就在訓導處前面哦！他還在罰站哦！呵。』

「呵。」

這個呵是打呵欠的呵。

而終於，吳宜珊忍無可忍的低吼：

『妳態度很差妳自己知道這件事嗎？』

「不知道。」

『為什麼妳要把自己裝得很難相處呢？妳以前並不是這樣子的人呀。』

「首先、我難相處的個性並不是裝的；第二、我是怎樣的人不用妳管，我沒必要成為妳希望成為的那種人，第三、如果妳不爽我的話，妳何不自己寫算了。」

『我要是會寫的話還需要在這裡忍受妳嗎？把自己個性弄得這麼糟糕很有趣嗎？』

「謝天謝地，妳總算放棄說漂亮話了，我想這是個不錯的開始，坦白說我已經厭倦那些說了自己都會感到懷疑的漂亮話了。」

『妳簡直無藥可救了。』

「比起妳滿口仁義道德的好。」

『再見！』

「哼！」

然後我們吵架了，搞到兩人不歡而散，仔細想來把人氣跑好像是我的看家本領一樣，唉！

吳宜珊奪門而出之後，我又跑去把鉛筆全部氣窗外丟下去，本來還想窩到床上去哭一下的，但想想還是出門去STARBUCKS喝焦糖冰咖啡算了。

並且我當下決定無論如何都不要再哭泣了。

11

無限的可能性在我的腦海裡打轉，但結果我什麼也沒說。

我只是將那鑰匙鎖在抽屜的最底層，然後把那張陳年卡片拿到屋頂的陽台放把火燒了，最後我坐回寫字檯前削了一打新的鉛筆，埋頭開始寫作。

一滴眼淚都沒掉下來，雖然心悲傷。

幾天之後吳宜珊又主動打電話找我，她先說了對不起，我想了想其實也沒什麼，於是我說沒關係之後兩個人就言歸於好了。

只是這次我把她帶去STARBUCKS請我喝焦糖冰咖啡並且點了兩塊蛋糕吃；雖然是同樣的焦糖冰咖啡，但讓別人請的感覺就是比較好喝的。

這種感覺很像是以前在餐廳打工時一樣，同樣的食物偷吃來的就是比自己花錢去那餐廳吃的感覺要可口多了。

當然這是題外話了。

「你們那時候在茶店裡就當場舊情復燃了嗎？」

『沒有，我們那時別說是彼此沒打招呼，就是連眼神都沒有交會，因為好尷尬。』

「怎麼分手的？第一次。」

『大概是畢業後環境不一樣吧！感情自然而然就淡了，接著一直沒聯絡就這樣自然分手了。』

「的確是。」

我和小翔也會這樣嗎？

此刻小翔會不會也和哪個誰坐在STARBUCKS裡被問起我們的愛情，然後小翔聳聳肩膀而且一點可惜也沒有的表情說感情淡了於是就自然分手了呢？

唉～～心痛。

『後來聖誕節的時候，我想想畢竟曾經那麼快樂過呀！所以就寫了卡片寄給他，還附上我的手機號碼哦！卡片寄出去之後我每天都活在期待裡，一直掛念著他什麼時候會回卡片呢？會不會直接打電話來呢？但結果什麼也沒有，唉！也不確定他到底收到我的卡片沒有。』

卡片哪……

我嘆了口氣。

『怎麼了?』

「沒什麼，這就是我討厭寫信的原因，害怕會得不到回應。」

『不過陳仁鴻有收到哦。』

「恭禧恭禧。」

『妳知道我開頭怎麼寫嗎?』

「妳有寄備份給我嗎?」

『疑?沒有呀，怎麼問?』

「所以那我怎麼會知道。」

『嘖!』

眼看著我們又要吵架了，所以我趕緊導回主題，說:

「寫什麼?那開頭。」

吳宜珊立刻又換上一副甜蜜蜜的表情，用一種很像是徐志摩鬼上身的口吻，說:

『你還記得這個筆跡嗎？呵！用說的真是難為情。』

「是難為情。」

好像我平時給小翔訓練慣了，否則我可能因此而當場要求服務生替我叫救護車。

『妳知道嗎——』

「不知道。」

『嘖！以前我們交往時，我寫過好多好多情書給他呢！結果沒想到他竟每一封都還細心的收藏著耶！真想不到外表那麼性格的男人結果內心竟是這麼細心……當然這是後來我在他房間看到的，他還很害羞的樣子呢！呵。』

眼看吳宜珊甜蜜成那樣，我口中的焦糖冰咖啡好像因此而過甜了。

我忍不住也思考小翔會怎麼對待我寫過給他的信呢？不對！我好像從來沒寫信給他過！不如來個分手信吧！沒想到他收到過小說家女朋友我的唯一一封信竟就是分手信！這樣會不會讓他感傷的哭泣呢？男人的淚……嘿嘿。

『笑什麼？』

「沒什麼，繼續說吧！剛說到哪？妳怎麼確定他有收到信的後來？」

『因為他有回信給我呀！雖然隔了一陣子，但還是好高興耶！呵呵！』

「寫什麼？莫再來信嗎？噗嗤～～」

『嘖！他的開頭是：看了這麼多年的筆跡，我怎麼可能會忘記呢？點點點。』

「真死相。」

『就是咩！呵呵呵。』

完蛋了，焦糖冰咖啡是越喝越甜了，我於是加了半杯冰開水進去攪拌攪拌，吳宜珊用一種覺得很噁心的眼神觀看我的這個舉動；真是什麼都不懂的女人！我這是在暗示她再去給我買一杯來。

『因為我這個人比較主動嘛！所以我就照著卡片上他留的號碼打過去，那時候他正在開車，他說接到我的電話時，整個人傻得連車都忘記怎麼開了，哈！』

「然後就出車禍死了嗎？真遺憾，I'm sorry to hear that.」

『喂！』

「嘿嘿。」

吳宜珊彷彿很介意我這個玩笑似的，臉色當場刷青，沒辦法我只好很負責任的

（其實是逃避尷尬）自己去買焦糖冰咖啡，並且還順便再買一杯要價六十塊錢的本日咖啡給她，我真是越來越大方，我因為這個發現而被自己搞得有點小感動。

當我拿著兩杯咖啡回到座位上的時候，我卻發現吳宜珊的眼睛紅紅的。

「妳很熱嗎？」

『沒有呀，怎麼問？』

「不然眼睛怎麼在流汗？」

弄巧成拙！我本來只是想輕鬆一下的，但沒想到吳宜珊竟開始啜泣。

「奇怪在室內怎麼會有沙子？」

『什麼沙子？』吳宜珊語帶哽咽的問。

「沙子跑進妳眼睛裡咩，所以——」

『呀嗚～～』

丟臉的要命簡直！吳宜珊居然在公開場合放聲大哭，我見狀趕緊帶著咖啡逃到隔壁桌去，裝出一副並不認識這個蠢女人的樣子。

當吳宜珊趴在桌上專心哭泣的時候，我試圖打電話向秋雯以及雅蘭求救，結果沒想到這兩個臭女人竟以「那真是太尷尬了、我可不想過去一起丟臉。」為理由而棄我於不顧；沒辦法我只好再假裝成是好心的陌生人不斷的遞面紙給她，終於在我遞第七張面紙的時候，吳宜珊吸了吸鼻子，一副終於哭夠了的表情拿著我買給她的本日咖啡移桌到我這裡來。

『哭出來總算是好過多了。』

她說。

吳宜珊說這句話的重點像是為了替這場哭泣作為句點而非解釋她為何哭泣。

吳宜珊哭完的這個下午，我們兩個人在STARBUCKS裡都沒再提起任何有關陳仁鴻或者是小說或者是眼淚的話題。

離開STARBUCKS的時候我突然思考起一個問題——

究竟這個世界上第一家咖啡館是哪一家呢？是怎麼樣的一家咖啡館呢？在哪個國度呢？什麼時候蓋的呢？什麼樣人蓋的呢？在什麼動機之下蓋的呢？

一連串沒完沒了的延伸問號想得我頭昏昏，於是在回程的路上特意繞到書局去買了一打新的鉛筆之後我就決定直接回家了。

打開這扇截至目前為止我已經進出過無數次的大門之後，我在寫字檯上看見一項熟悉到足以令我心碎的東西——

鑰匙。我打給小翔的備份鑰匙。

大概是小翔趁著我不在家的時候一言不發地將它放置在我的寫字檯上吧！除了鑰匙之外再也沒有別的什麼了！我甚至把垃圾筒翻了一次好確定，不，其實我還去檢查了馬桶，還跑到窗外的那條街上試圖想找出些什麼來。

什麼都好，一張被揉皺的只寫著『**我們分手了**』的字條也好，或者『**不要再來找我**』的字條也好。

但是沒有，什麼都沒有。

小翔給我的分手信只是一把鑰匙，一把本來就不屬於他的鑰匙；趁著我不在家的時候，將它放在我的寫字檯上，如此而已。

連最後一面最後一句話都不想給我。

我怔怔的坐在寫字檯前試想著小翔是以什麼樣的心情、表情、腳步推開這扇他不知道已經進出過無數次的大門，然後，放上去。

心情是不是難過？表情是不是不捨？腳步是不是沉重？會不會放上去之後又後悔將它收回口袋？想了想還是放上去的好……如此猶豫不決？

其實我是可以打通電話向小翔問個明白以得到肯定的答案的，或者我可以開玩笑的要他別鬧了趕快過來把鑰匙收回去還說我好想念他那難吃的義大利麵；要不我可以兇狠的吼他一句王八蛋混亂的要求他馬上去死最後以我們老死不相往來他識相點最好給我滾出台北作為句點；抑或我可伴裝瀟灑的說我才在想他怎麼這樣厚著臉皮遲到現在才把鑰匙拿還給我是不是考慮了好幾天還哭了好幾回但是沒用的反正我們分手是分定了！

無限的可能性在我的腦海裡打轉，但結果我什麼也沒說。

我只是將那鑰匙鎖在抽屜的最底層，然後把那張陳年卡片拿到屋頂的陽台放把火燒了，最後我坐回寫字檯前削了一打新的鉛筆，埋頭開始寫作。

一滴眼淚都沒掉下來，雖然心悲傷。

12

瘦到了第五公斤時，我決心寫封信給我自己，我想假裝是你，終於寫信給我，信寄出去之後我覺得陽光很好天氣很好，我於是出門獨自到那時新開幕的STARBUCKS去，服務生問我要點什麼我說我不知道，於是她推薦我說焦糖冰咖啡是他們的招牌咖啡很好喝，從此我一喝成癮。

一刻也沒有停筆並且把庫存的咖啡都泡完了之後我發現時間已經是隔天中午了。

我洗了個長長的澡本來是想馬上睡個長長的覺，但因為頭髮還沒乾所以我趁這空檔打電話給秋雯，本來是想告訴她我和小翔分手了的消息，但不知怎麼的話到了嘴邊卻變成——

「妳為什麼要來台北？」

『我還在睡啦！』

「抱歉吵到妳睡覺了。」

『妳怎麼了?突然的客氣了起來。』

「沒有，只是很想知道妳為什麼要來台北?」

『讀書呀。』

「我的意思是，那麼多學校可以選，但為什麼妳就是要來台北?」

『因為成績剛好到這學校嘛!』

「哦，那不吵妳了，繼續睡吧!祝好夢。」

沒得到我想要的答案，於是我又繼續打了電話給雅蘭:

「妳為什麼要來台北?」

『我現在在工作耶。』

「那方便打擾妳幾分鐘嗎?」

『愣……妳還好吧?是不是發生了什麼事?』

「沒有，只是很想知道妳為什麼要來台北?」

『工作呀。』

「我的意思是，那麼多工作可以找，但為什麼妳就是要來台北?」

『因為台北的工作多嘛!而且我想搞不好能讓我幸運的在哪個便利店遇到金城武

哩！嘻～』

「嗯，那我知道了，請好好工作吧。」

問上癮了，我甚至還打了電話給宋育輪。

「妳為什麼要來台北？」

『小翔可不在我這裡哦！』

「沒關係的，我只是很想知道妳為什麼要來台北？」

『妳怎麼啦？我本來就是台北人呀！喂！我知道妳剛和小翔分手可能心情很低落，但我真的有勸小翔再考慮清楚哦！但沒辦法、小翔說妳這次實在傷他太深了，要不這樣吧！我替你們約個時間兩個人當面再談談吧！畢竟都那麼多年了——』

「不用了謝謝，抱歉打擾妳了。」

『喂！妳還好吧？妳這樣我不習慣耶。』

「我很好的，有機會再聯絡了，再見。」

掛上電話之後，我覺得眼睛好脹腦袋好昏並且心好痛，但是卻仍然沒有想要哭的感覺，可能哭了的話情況會好一點也不一定，但問題是我辦不到並且我已經和自己說好了不哭的。

最後我決定再打電話問一個人，然後就去睡覺。

「妳為什麼要來台北？」

吳宜珊並沒有回答我的問題，她反而精神很好的說心情恢復得差不多了，還問我什麼時候再繼續聊小說的事情？

「再說吧！我一夜沒睡，現在好累。」

『那我再打電話給妳囉！要睡得飽飽的哦！哈哈哈！』

在沮喪的時候聽到這樣精神奕奕的聲音實在是件令人不好過的事情，所以我把手機關機，電話的聽筒拿起來，我決心睡個好覺，如果就這樣夢不醒的話也無所謂。

當我意識到情況不妙是在我醒來之後，往常我這個人不管發生什麼事，只要跑去睡個長長的覺然後醒來之後就會雨過天晴的，但是這次卻行不通了；我仍然什麼事也不想做什麼話也不想說，我只是一直盯著天花板，在這個天花板底下我和小翔曾經快樂過也爭吵過決裂過也和好過，它見證著我們曾經擁有過的一切，然而過去我卻從來沒有意識到它的存在。

它是不是就像是小翔給我的愛情？它一直存在過，而我也一直理直氣壯的以為它永遠也不會消失？就算它有裂痕了掉漆了斑駁了，我依舊理所當然的認為它不會消失？

我動也不動的在腦海裡想像我正在刷牙洗臉，然後穿了一件很久沒穿的新衣，然後打電話隨便找個誰出來請吃飯，然後……

然後我問了自己一個問題——

妳為什麼要來台北？

我為什麼要來台北？逃避，是的，逃避。

為了逃避那段我自以為我們相愛但其實只是我一廂情願的以為，為了逃避那個到處都有你的回憶的校園。

所以我來到離你最遠的台北，這麼說對嗎？我相當仔細的回想著。

我的生命是自從遇見你之後才算是真正甦醒過來的，我始終是這麼認為的。

儘管在決心不見你不想你不戀你之後，你的影像仍然時常會咻的一聲跑進我的腦海裡。

我試著回想那些未經許可就閃進我心底的你的模樣：高個子，優雅的衣著品味，左撇子，寫著一手可愛的好看筆跡，天生的幽默感，CK-BE黑色瓶身的香水味，偏白的膚色低沉渾厚的好聽聲音，以及，年輕的教授。

好年輕哪！

這是我對你的第一印象，站在講台上的你，用左手在黑板上寫下你的名字，藝人似的單名，接著是沉穩的聲音一句一句清楚的道出你課堂上的規矩：不准蹺課，不准遲到，不准說要上廁所然後一去不回——

『我當學生時耍過的技倆全部不准在我的課堂裡對我這麼做。』

你這麼說，然後我們笑了。

那麼，你對我的印象又是什麼？

尋常的新世代女生？上課時不停和身旁同學說話的學生？伶牙俐嘴的女生？氣氛沉悶時可以拿來暖場開玩笑的學生？

就是了，可以拿來開玩笑暖場的學生，你的視線並不經常停駐在我的身上，可你卻最經常同我開玩笑，在課堂上，我們師生倆一來一往的犀利對答常是枯燥課堂上的熱鬧時刻。

你曉不曉得自身散發的危險魅力？你明不明白感情是無法自己的？

你說，你在午餐時說。

『我已經三十四歲了。』

你對於吃並不要求，所以你經常在學生餐廳和我們一起午餐。我們一群人熱熱鬧鬧的；你總是坐在我的身邊，理所當然似的，下意識的舉動，卻引起我白我滿足的遐想；我是喜歡你的，那你呢？你也是吧？只是我們的喜歡不一樣，只是我明白得太遲。

有次你端著餐盤在我身旁坐下，當你坐定的那一刻，我們一行人早有默契的同時起身離開，嘻嘻哈哈不懷好意的等著看你錯愕以及尷尬。

但是你沒有。

你氣定神閒的喝了一口湯，然後說別的教授早告訴過你這個我們的小把戲了。

原來不止學生會在私底下討論老師（壓倒性的多數是說壞話以及詛咒他們生兒子

沒屁眼走路給雷劈看電視遇到貞子從螢幕爬出來），而老師們亦會在私底下討論學生哪！我恍然大悟。

那麼，你會提起我嗎？會怎麼提起我？那個話很多的女生？那個老是跟我抬槓的目無尊長的沒大沒小的女學生？那個報告老是遲交還有過幾次說是要去廁所結果跑到圖書館吹冷氣睡覺的女學生？

只是女學生吧！在你心中，我從來就只是女學生。

『我老婆懷孕五個月了。』

你說，當我們幾個同你比較親近的學生去你家拜訪並且白吃白喝的時候。

『大肚子的研究生！哈！』

趁著師母不在場時，你又說，表情可得意的。

「我要趁著師母懷孕時趁虛而入。」

我半開玩笑的說，並且不介意讓其他同學聽到，當時大夥一陣起鬨，而你只是答之以笑，並沒有拒絕，甚至還在心底為自己仍然保有的男性魅力偷偷自豪也不一定吧！我想。

你仍然在課堂上同我開玩笑暖場，仍然在午餐時毫不考慮的坐在我身邊，仍然在空堂時和我們這幾個親近的學生外出喝咖啡，甚至你還說反正我們蹺的不是你的課並且你早看那個教授不順眼所以你不會介意而惹得我們哈哈大笑並且佯稱要去找那教授打小報告。

可是有次我蹺了你的課你卻氣急敗壞的要班代去把我找回來上課並且一整堂課當我不存在好像是和我冷戰一樣，為此我暗自高興在你心中我到底和其他學生的份量不同。

愛苗已經滋長，而你到底沒有察覺嗎？我懷疑。

你找我替你整理資料，在你的研究室裡，夕陽正好，此時只有我們兩個人，獨處。

忍不住我吻了你，然後堅定的告訴你我不是開玩笑的我真的好愛好愛你。

『我是妳的老師。』

「我知道，我是你的學生，那又怎樣。」

『我老婆再過兩個月就要生了，是我們的孩子。』

「所以呢？我又沒有要你離婚。」

『妳是不是誤會什麼了？』

「我以為你也喜歡我。」

『我的確是喜歡妳，課堂上有妳在感覺總是比較熱鬧，但，那不是愛，只是純粹的喜歡有妳存在而已。』

「我最後再問你一次，我不要你離婚，你可以腳踏兩條船並且我發誓這是我們兩個人的祕密，所以，你要不要我的愛情？」

『……』

從此我沒再去上過你的課，而你也不再生氣的要班代把我找回去陪你暖場開玩笑。

當其他同學昏天暗地的準備期末報告期末考時，我只是整天待在宿舍裡睡覺，我期待夢裡有你，而我們甜蜜的展開這段禁忌之愛，儘管只是在我夢裡，也好。

室友開玩笑的問我是不是得了嗜睡症，我只是翻過身背著她們偷偷流眼淚。

我沒去上你的課，你打電話來說你幫我交了一份報告，你要我好好為自己想一想，你還說這只是一時的迷戀並非真正的愛情。

我吼了一句你懂什麼就把電話掛了，隔天我辦了休學手續，迅速搬離宿舍，考試一堂也沒去報告一份也沒交。

於是你替我交的報告成了我大學生涯的句點。

回家之後我成天盼望你會再打電話來要我仔細想想，要我為自己想一想，但是結果你沒有，你知道我休學，你心知肚明我為什麼休學，但結果你什麼也沒說什麼也沒做。

瘦到了第五公斤時，我決心寫封信給我自己，我想假裝是你，終於寫信給我，信寄出去之後我覺得陽光很好天氣很好，我於是出門獨自到那時新開幕的STARBUCKS去，服務生問我要點什麼我說我不知道，於是她推薦我說焦糖冰咖啡是他們的招牌咖啡很好喝，從此我一喝成癮。

幾天之後，我收到寄給自己的信，我腦子裡突然冒出一個念頭：呀呀！不如來寫小說吧！於是我削尖了一打鉛筆，開始寫起小說。

後來認識小翔之後，我決定搬到台北，於是現在我在這裡，躺在這張床上，回想這一段我原以為可以被我遺忘的回憶，我覺得好累，我繼續又睡。

睡前我摸了摸眼睛，還好沒有掉淚。

還好。

13

『我一直在等他的電話，有時半夜還會驚醒趕快查看有沒有未接來電，甚至神經質到會用公共電話打我的手機看看是不是故障了，要不為什麼他一直沒有打電話來？』

當晚吳宜珊夥同秋雯和雅蘭來按我家門鈴，大門打開之後她們臉上彷彿寫著『什麼嘛！原來這傢伙還活著』的失望表情。

我虛弱的啃著她們好心腸（她們好心腸？）買來的排骨便當還有罐裝咖啡，一邊聽著這三個人不自然的以溫柔的語氣（她們語氣溫柔？）噓寒問暖，在咬下最後一口排骨並且打開罐裝咖啡之後，我忍不住問了：

「妳們是不是在算計我什麼？怎麼今天語氣不自然成這樣？」

一問之下才知道原來她們被我稍早的不自然電話給嚇到，接著三個人七嘴八舌討論出來的結果是：搞不好這是同學自殺的前兆兼遺言，她們一度懷疑大門踢開之後會是我死狀淒慘的屍體，為此她們還著實打扮了一番因為想說搞不好記者會隨著警察來做起SNG現場連線，但沒想到原來同學還死皮賴臉的活著，實在枉費她們精心打扮以及一整天忐忑不安還想好了被記者訪問時該說的感言。

「神經病。」

『難道妳那只是惡作劇電話嗎？』

「也不是啦！只是為了試試這麼做的話妳們會有什麼反應好寫進小說裡。」

『天呀！妳要把我們寫進小說裡？』

雅蘭驚呼著，接著她說她的名字不好聽還想了一個名字要我取代用；相較於笨雅蘭、秋雯則是一副『她八成是隨便說說』並且『就算她真寫了也不可能被錄用』的過分表情；至於吳宜珊則是跑去廚房燒開水然後發現我的咖啡全泡完之後竟還嘖我一聲，一副我應該為此道歉的模樣。

『咖啡沒了也補一補吧。』

「我下台又不能解決問題。」

『吭？』

「沒事，我只是仍然不放棄我微薄的幽默感。」

「無聊。」

這三個混帳異口同聲，最後猜拳決定秋雯去附近的便利店替我買那牌的即溶咖啡來，我在遞出兩百塊的同時還一度考慮把櫃子裡庫存的保險套拿去退錢算了，反正看來是會有很長的一陣子用不到了，但是想想還是算了吧！因為拿來和秋雯換點什麼可能還比較實際些。

就在秋雯出門去買咖啡的時候，吳宜珊又開始說起陳仁鴻的事情。

『之後我們又開始交往，第一次約會是約在我們以前常去的堤防上。』

說到這裡的時候吳宜珊停了一會，一個勁的盯著我看。

「幹嘛？」

『沒什麼，只是我以為說到這裡的時候該停下來等妳。』

「等我啥？」

『等妳嘲笑我呀！問說我們全村是不是只有一戶人家有電視這類的。』

「哦……我家附近也有堤防的，請繼續說吧。」

所以吳宜珊就繼續說了，不過內容實在有夠無聊，無非是他倆有多恩愛多甜蜜，他們是多麼地珍惜這段回鍋的愛情（當然回鍋這個形容詞是我擅自使用的），還說他們雙方家長都認定了彼此的存在，開始著手準備結婚的事宜（奇怪這女人每次談戀愛就會直覺想要結婚）；其實吳宜珊拉拉雜雜的說了一大段話，可以直接簡化成為：我們恩愛我們好恩愛……就可以的。

「既然這麼恩愛為什麼還是分手？」

我好像問得太直接了，此時吳宜珊又紅著眼睛，我只好趕緊逃跑去泡咖啡，泡好之後她們跟著也移駕到廚房，四個人就這樣站著喝咖啡，吳宜珊稀哩呼嚕的連喝我三杯之後才開始又說：

『陳仁鴻當兵時簽了三年約，那時候他約快期滿了，正猶豫著該不該續約。』

「哦……他是軍人呀。」

吳宜珊點頭。

換作是我的話絕對不會考慮和軍人交往的，並不是有什麼職業偏見或其他不好的回憶什麼的，只是純粹的無法喜歡迷彩裝而已，當然嚴格說起來的話，這兩者是沒有任何關係的。

『那時候他的家人都希望他續約，說是反正景氣差出來之後搞不好還找不到工作，這樣的話不如續約還保險些，既穩定而且待遇還算不錯。』

「那他自己的意思呢？」

『他也很猶豫，不知道怎麼比較好。』

「那妳的意思咧？」

『我是比較希望他別簽的，那時候我正準備做生意，心想如果可以兩個人一起努力的話，那就太幸福了，所以嚴格說起來，他本人也是比較傾向於我的想法的。』

「為什麼分手？」

吳宜珊吸了吸鼻子，繼續又泡了我第四杯咖啡，我心想剛咖啡錢沒叫吳宜珊付真是失策。

『其實是我的錯。』

「唔？」

『那天我們約了和客戶談生意，結果他竟遲到了好久，大概半個鐘頭有吧！來了也不解釋，我心想這麼重要的事情為什麼他卻還是遲到呢？一整天我都在生悶氣。』

「為什麼遲到？」

『好像是他朋友開車載他，結果半途車子拋錨耽誤了吧。』

「直說就好啦！」

『嗯，但不知道為什麼他不說，可能是顧及朋友的面子吧！他是個很重感情的人，他和朋友都是以兄弟相稱的。』

「哦。」

這時候秋雯終於從廁所出來，她進去起碼半小時之久了，我在心底竊笑著莫非是我對於她們便秘二十年的詛咒靈驗了嗎？忍不住問雅蘭：

「妳最近排泄還好吧？」

結果雅蘭支支吾吾的敷衍幾句，我於是笑得更得意了。

『喂！我還沒說完哪！』

「哦，失禮失禮，請繼續吧。」

『結果那天晚上我們和我的親戚吃飯，他們也很關心陳仁鴻到底要不要續約的事情，然後陳仁鴻說他還在考慮，那時候我好像藉題發揮似的，控制不住情緒的就潑他冷水說：我看還是續約好了，反正出來工作也沒什麼用，和客戶見面都遲到……』

「就因此分手？」

『嗯，他當晚就把東西從我的房間搬出去沒再回來了。』

我看見吳宜珊眼神閃爍了一下，不太明顯的。

她像是自己也察覺到這一點，改變了語氣，說：

『那之後陳仁鴻一直避不見面，電話也不接，我整天就是哭呀哭的，什麼事也沒辦法做，我根本無法想像沒了他我一個人該怎麼辦！唉！那陣子瘦了快十公斤呢。』

嗯嗯，失戀的確是減肥特效藥沒錯。

『我一直在等他的電話，有時半夜還會驚醒趕快查看有沒有未接來電，甚至神經質到會用公共電話打我的手機看是不是故障了，要不為什麼他一直沒有打電話來？』

「但是太奇怪了吧！就因為這樣避不見面？」

『嗯，陳仁鴻的朋友後來告訴我，說我這次傷他太重，他說那時候只有我一個人支持他出來奮鬥，而陳仁鴻也很高興把我當成支柱，但結果我卻說出那樣的話來，陳仁鴻感覺到很受傷，好像是被我背叛一樣。』

我對於吳宜珊的說辭抱持相當的懷疑，因為我始終覺得沒有必要躲成那樣，未免也太小家子氣了吧！再說如果他真的就是這樣小家子氣，那我真搞不懂吳宜珊愛他什麼！連分手都不敢說清楚的男人最沒用了。

『一直到情人節那天我還在等他電話耶！』

我隨著吳宜珊的話回想起那天接到她的電話時的情形，一想到原來她是太寂寞了才會更刻意表現出更精神的樣子就覺得有點於心不忍。

『雅蘭人很好哦！』

「雅蘭人很好？妳是第一天認識她哦？」

我和秋雯異口同聲，為此兩人還擊掌歡呼了一下。

『真的真的，那時我沒有辦法只好傳簡訊給他，可是才發現原來我不會傳簡訊。』

「蠢。」

我再度和秋雯擊掌。

『所以就哭著向雅蘭求救，結果她一個人在半夜十二點騎了半小時的機車來教我怎麼傳簡訊哩！雅蘭人好好哦！我最愛妳了！啵！』

吳宜珊強吻著雅蘭，秋雯雞皮疙瘩起了三顆，我則是當下決定從今天起只要一過十二點手機就立刻關機。

「但他還是沒回？」

『嗯，他可能真的太傷心了吧。』

真是活見鬼！一個大男人的傷個心要那麼久？

『妳知道這女人多沒用嗎？』

雅蘭像是要反擊似的說。

『她知道陳仁鴻有玩線上遊戲的習慣，結果每天晚上跑去網咖上線等他耶！』

『他暱稱是什麼？』

『高粱。』

「妳咧？」

『高貴辣妹。』

噗嗤！

我們三個人又是一陣毒舌，怪聲怪氣的吼著『高貴辣妹呼叫高粱』等等的，在一陣嘻鬧之後這個話題就被我們草草結束了。

她們回去之後我發現咖啡竟又被泡光了，真是氣死我。

14

我雙腿發軟跪坐在地上，說不出話來。

時間彷彿在我眼前靜止，而我除了沉默，還是沉默。

為了算咖啡的帳所以我把吳宜珊約到STARBUCKS喝焦糖冰咖啡順便討論這小說的相關細節。

「我直接用你們的名字可以嗎？」

『可以呀。』

吳宜珊爽快的回答，原來這女人想紅想瘋了，不過如果是想藉著出現在我的小說裡走紅的話，那她大概去買樂透等中頭獎給記者訪問要來得快些。

「書名咧？」

『《愛到底》怎麼樣？我們的主題曲哦！呵！』

「不要。」

『為什麼？是會違反著作權法這類的嗎？』

「這我倒是不清楚，不過……」我想了想，決定據實以告：「我曾經在高中畢業那年暑假出版過一本叫作《愛定你》的愚蠢言情小說，為此我足足被秋雯那夥人惡毒的嘲笑直到這一兩年她們才總算比較淡忘些，所以我可不想再重蹈覆轍、取這令我觸景傷情的書名。」

『書名又不一樣。』

吳宜珊很不以為然的樣子；我猜她家ＣＤ裡肯定是《愛到底》REPEAT到底，可能ＣＤ還給燒壞了一圈也不一定。

「這我可管不著，我有我起碼的原則。」

然後我們陷入一片沉默的對峙，簡直好像在比賽誰先開口說話誰就輸了似的，最後是吳宜珊的手機響起打破這沉默，因此我便把她的提議徹底推翻，反正小說是我的，我就算愛把書名取為陳仁鴻的話她也管不著，再說我只是客套問一下，沒想到她還當真給起意見來，真是一點進退應對都不懂的人，搞不懂這種人憑什麼幹公關。

呿～～

吳宜珊用一種極度客氣的口吻不停不停的講著，好像是故意講給我聽似的；本來我以為她是和客戶談業務，但結果一聽之下才知道原來是信用卡公司的人打電話給她；吳宜珊一直拉拉雜雜扯個沒完沒了，我懷疑這女人是不是無論對方是誰都會抓住電話猛講個不停，搞不好就算只是打錯電話的她也不放過；最後吳宜珊說了一句：

『呀！我手機快沒電了！』，然後她的手機就真的沒電了。

「陳仁鴻？」

『要是他就好囉！』

吳宜珊眼底閃過一絲落寞，我看了是有點難過的；我想我是可以明白她的感受，那種反覆的期待卻又一再的絕望……

『是信用卡公司。』

吳宜珊突然又說，我聽了之後並沒有興趣再問，但結果她卻自顧著繼續說：

『我想把卡剪了，但卡片還在陳仁鴻那。』

「他刷卡然後妳還幫他付卡費？」

她的眼神又閃過一絲不安，彷彿刻意隱瞞什麼似的，輕描淡寫的說：

『反正那卡片刷的錢也只是轉帳他的手機帳單嘛！還不都是打給我的，哈！』

簡直自欺欺人。

「要回來吧！這種男人太過分了。」

『算了啦！反正他也不接我電話。』

「跟他朋友說，叫他朋友替妳拿呀！」

『唉呀！我手機沒電了啦。』

「用我的。」

吳宜珊猶豫了很久，最後才終於接過我的手機，慢吞吞的接下號碼，接通之後她馬上躲到角落去，但好像才說了一會就立刻將手機還給我了。

「解決了嗎？」

『嗯，他會幫我拿。』

「都已經分手了實在不能再幫對方付什麼錢了吧！」

『嗯。』

眼看著吳宜珊又要哽咽，於是我告訴她說等小說寫出來之後會把結果告訴她，然後我們就各自道別了。

在回家的路上我越想越不對勁，總覺得吳宜珊一定隱瞞我什麼。首先，我一直就懷疑陳仁鴻實在沒道理無情成這樣，再者，我們一直就只是聽吳宜珊單方面的說法，未免也太不可靠了。

回家之後我突然想出幾個假設：其實他們之間有什麼財務方面的糾紛，之前吳宜珊曾提到過他們曾打算合夥做生意，但對於這方面她本人卻未加說明；而且，吳宜珊為什麼要替分手的男朋友付卡費呢？是不是他們之間有帳目不清這方面的問題，而陳仁鴻剛好是個對於這方面極度敏感的人，於是不願意再這樣糾纏下去？

也可能是吳宜珊另外還和別的男人交往，會不會是她和那前有錢男友仍然保持著交往，或是那有錢男友甚至金援吳宜珊也不一定！所以陳仁鴻知道以道，一怒之下由愛生恨，才會鐵了心的任憑吳宜珊苦苦相求也無動於衷？

想著想著我突然靈機一動，還好剛剛借手機給吳宜珊打電話，或許可以從陳仁鴻的朋友問中探出些什麼端倪來也不無可能；於是我試探性的再撥回去，正當我揣想著搞不好吳宜珊剛才只是裝個樣子隨便撥個號碼而已時，手機的那一頭就傳出了一個男聲——

「你是陳仁鴻的朋友嗎？」

『妳哪位？』

「我是吳宜珊的朋友。」

『妳打來幹嘛？』

男人的口氣相當不耐煩，甚至可以說是憤怒。

「我有點事想問陳仁鴻，你可以給我他的電話嗎？」

男子沉默了很久，最後帶著濃厚的鼻音低吼著：

『人都已經死了妳們還想怎麼樣！』

然後電話被切斷，我腦子頓時呈現空白的狀態。

怎麼會！怎麼會是這樣？

我恍恍惚惚的又撥了一次，這次男子更加憤怒，我搶在他開罵之前確定——

「吳宜珊知道這件事嗎？」

『知道了又怎麼！那女人甚至連葬禮也不來！糟蹋我兄弟過去對她一片真心！』

「你確定她知道？」

『廢話！車禍之後我第一個打電話告訴她這件事，結果她什麼反應也沒有，只是冷淡的說她知道了就把電話掛了。』

「然後就出車禍死了嗎？真遺憾，I'm sorry to hear that.」

『喂！』

「陳仁鴻？」

『要是他就好囉！』

我心頭一緊，好像是用盡了全身的力氣才得以問道：

「什麼時候的事？」

『他們吵架後那幾天吧！那天晚上阿鴻找我喝酒解悶，回家的時候撞車了，那女人！良心都給狗吃了！連看也不來看阿鴻！我詛咒她——』

「你懂什麼！」

『吭？』

「王八蛋！什麼都不懂就別裝出一副自以為是的樣子來！」

『一群瘋女人！』

然後電話再度被切斷。

我雙腿發軟跪坐在地上，說不出話來。

時間彷彿在我眼前靜止，而我除了沉默，還是沉默。

15

「問妳一個問題，妳想要怎麼樣才能把思念傳達給已經過世的人呢？如果我們最愛的人死掉了，到底該怎麼面對呢？難道真能夠參加完葬禮後痛快的哭上一回，然後告訴自己：這也是沒辦法的事，從今以後還是好好努力的生活吧！真的辦得到嗎？」

吳宜珊打了好幾次電話來，我都以正在寫小說不方便說話為理由拒絕見面，因為我還不知道該怎麼面對她，該怎麼跟她說話？該用什麼表情什麼口氣？該怎麼陪她演完這齣早已經沒有男主角的獨角戲。

其實應該說是，該不該繼續陪她演下去？

我所能做的只是盡力寫完這部小說，因為我大概可以理解吳宜珊之所以要求我這麼做的動機，甚至我可以理解為什麼當她聽說我成了小說家之後會高興的打電話來並且還忍受我一直的冷漠。

我想她是害怕隨著陳仁鴻身故之後，他們的愛情也因此死無對證吧！她需要有人替她記錄下來，藉由文字來確認這一切是確確實實發生過的，我想我之於她，或許就像是絕望之中的一根浮木吧。

如果我有這個榮幸的話。

妳為什麼要來台北？

或許吳宜珊來台北的原因和我如出一轍，什麼唸好學校呀找好工作呀想試試自己的本事呀想闖出一片天下呀……這些都只是冠冕堂皇的漂亮話而已，我們說穿了不過只是為了逃避，並且我們都已經失去。

我嘆了一口氣，門鈴同時響起，我心驚膽跳的從貓眼偷瞄確定一下來者何人，當我發現是宋育輪時，不知怎麼著、我竟有種鬆了口氣的感覺。

甚至對於她的出現還可以說是有點小高興的。

「來幹嘛？」

『買了STARBUCKS的焦糖冰咖啡來給妳喝。』

我們展開一貫的開場白，為此我在心底鬆了一口氣，真好！不管這扇門外怎麼變，當宋育輪走進這扇門時我們的對白永遠不會變。

我和宋育輪始終維持著互看不順眼卻又不甘心不聯絡（因為希望對方遇到什麼衰事時自己能是第一個知道並廣為宣傳兇狠嘲笑的人）的關係永遠不會變。

『怎麼貓還沒回來呀？』

「我準備存錢去買狗等妳上門來放狗咬人。」

『那祝妳如願囉。』

宋育輪幸災樂禍般的說完之後，接著像是瞄到了我寫字檯上凌亂的手稿，她以一種好像看到金城武正趴在上面睡覺的語氣、大呼小叫的問：

『我的老天爺！妳居然又開始寫作了？妳是想和國父一較高下嗎？』

「關於這點我早就凌駕於國父之上了。」

『嘖嘖嘖！妳真是我所見過最不屈不撓的人哪！佩服佩服。』

「承讓承讓，關於這點我們應該只能算是伯仲之間吧！並且妳是伯我是仲。」

此時宋育輪並沒有回嘴的打算，我猜想或許這是因為她聽不懂伯仲之間是什麼意思也不一定，我本來就沒說錯，這女人根本就是文盲一個；告訴她痞子蔡的話她可能會問那是什麼菜，告訴她村上春樹她可能會反問那是什麼植物，告訴她張愛玲的話她可能會翻開演藝版看看是不是最近要演偶像劇的新人。

宋育輪不說話反而是以一種極怪異的眼神盯住我看，最後才看過癮似的說：

『想問小翔的話就儘管直說哦。』

「妳放心，等小說寫完之後我自然會去找小翔。」

『那我可得趕緊告誡小翔出國避避風頭先，哈～～』

「隨妳怎麼說，哼！」

『唔？莫非妳是想把這段痛苦的分手寫進小說裡？感人哪感人。』

這次換我盯住宋育輪怪模怪樣的竊笑著。

『幹嘛啦！』

「嘿嘿！我這次豁出去了，把妳也寫進小說裡！嘿嘿。」

『妳少侮辱我父親給我取的名字我警告妳。』

「哇哈哈！不會的，到目前為止我是以小婊子來稱呼宋育輪這個人！可貼切的！笑死我。」

『可別太過分了！哼！』

說完宋育輪又趁我不注意偷開我的冰箱找出家庭號巧克力冰淇淋來啃了。

早知道她今天會來的話，我就先在那冰淇淋裡放瀉藥侍候她。

『難怪妳上次打電話來盡問些怪問題，原來是找靈感哪！差點把我唬住。』

『而我無論如何也希望把我和他的事寫下來。』

『因為我確定我這輩子不會再這麼愛一個男人了。』

「問妳一個問題，妳想要怎麼樣才能把思念傳達給已經過世的人呢？」

『這個嘛……』

「如果我們最愛的人死掉了，到底該怎麼面對呢？難道真能夠參加完葬禮後痛快的哭上一回，然後告訴自己：這也是沒辦法的事，從今以後還是好好努力的生活吧！真的辦得到嗎？」

『……』

「如果假裝對方根本沒有死去，只是因為某些因素避不見面而已，難道這樣不行嗎？因為只有這樣想才能讓自己好過一點呀！這樣有什麼不對呢？」

『嘿！』

「嗯？」

『妳為什麼要寫作？』

「……」

『這是代替小翔問的。』

然後宋育輪起身，我以為她就要離開了，但沒想到她卻是走到我的面前，說：

『快樂一點。』

「突然的，說什麼呀。」

『這是代替我自己說的。』

「神經。」

『快樂一點。』

「我知道呀。」

『快樂一點。』

「好啦。」

『快樂一點。』

「別耍我。」

『快樂一點。』

「……」

忍不住我還是哭了。

16

小翔倒吸了一口氣，一副很想我馬上離開的表情，但我知道，如果我真的馬上離開了，那真的就是離開了，所以無論如何我也得賭一賭。

哭過之後我覺得心情很好一切很好，連政治都感覺很好。

我想吳宜珊說的沒錯，能夠哭出來的確是一件很好的事情。

這個宋育輪！雖然我已經說了她不少壞話，但我沒有辦法還是得承認她雖然是個文盲心機又重屁股有點大胸部卻很小雙眼皮是高一那年暑假割的並且還計劃這個過年要去韓國墊鼻子不過要命的是她老偷我的冰淇淋吃而且一次就是一整桶的家庭號，儘管她有這麼多人格上的缺陷，不，還有外表也是；但我真的得說，她還算是個滿懂我的人。

更正，懂得對付我的人。

所以我決定改變計劃先去找小翔。

為了避免白跑一趟所以我事先打電話問宋育輪小翔人在哪裡，結果宋育輪告訴我小翔剛好人正和她在一起，所以我就跑去小翔他家找他了。

『愣……』

愣什麼愣！坦白說小翔的這個反應讓我還滿火大的，難道這是對待曾經深愛過的女孩該有的反應嗎？

「我是來回答你的。」

『什麼？』

「我為什麼要寫作。」

『育輪告訴我了，妳又繼續寫了，我聽了之後很高興，本來想打電話鼓勵妳的，但是每次一按下按鍵就——』

「你給我閉嘴，我還沒說完。」

『唔……』

「問你一個問題，什麼樣的愛情最殘忍？」

『呀？』

「我告訴你，不被承認的愛情最殘忍。」

『我沒有……不承認我們的愛情呀。』

「我指的又不是你！王八蛋。」

『喂！妳難道就不能溫柔一點嗎？妳有沒有想過這可能是我們最後一次的見面呢？妳怎麼都不想留下一個美麗的回憶嗎？』

「三個字，辦不到。」

小翔倒吸了一口氣，一副很想我馬上離開的表情，但我知道，如果我真的馬上離開了，那真的就是離開了，所以無論如何我也得賭一賭。

所以我把他偷偷還給我的鑰匙掏出來又交還給他，說：

「還有，送出去的東西我本來就是不打算再收回來的，隨便你丟了它也好每天吐它口水也好，反正那不關我的事。」

『妳知道妳在這個時候其實可以浪漫一下嗎？什麼『我的心也一併交給你了，就算你把我的愛情還給我，我的心也沒有多的地方可以放了』這類的呀！』

「還是那三個字，辦不到，並且我最後一次警告你，不要再偷用我小說裡的對白了，如果你敢拿我的對白去泡別的美眉的話，我會考慮保留法律追訴權的。」

小翔笑了出來，我想這大概是因為他腦子有問題，果真是被宋育輪影響了。

『其實妳現在心情很亂很慌張對不對?育輪把妳哭了的事情告訴我了！我只是想告訴妳並不需要這麼逞強的。』

忍不住我也笑了，我想這大概也是因為我腦子有問題，我早該想到不應該再繼續讓宋育輪進我的公寓的。

「我今天心情不錯所以才順便告訴你這件事情的，我曾經遇上過一段非常殘忍的愛情，本來我以為我這輩子是不可能再愛上誰的了，但結果我還是愛上你了，不對，但結果我還是愛上過你了，是過去式，我得強調。」

『……』

「剛忘了說，關於為什麼我要寫作的這件事情，我告訴你，是為了修改回憶，就這樣。」

『……』

「最後，我一直很想告訴你，你做的義大利麵很難吃。」

『……』

此時此刻小翔著實令我非常尷尬，因為他站在門口哭成了淚人兒，周圍路過的人都對我投以一種相當不諒解的眼神。

「不要哭了啦！」

『……』

「像什麼話呀你！」

『……』

「好啦好啦！先進屋裡去，我做義大利麵給你吃。」

『妳會做義大利麵？』

「為什麼不會？」

『可惡！我以前都被妳坑了！』

嘿嘿！

這的確是個性別倒置的年代，但想想身處其中的感覺其實倒還是挺有意思的。

最後還是小翔做的義大利麵，因為我在流完汗後向來是只想在被窩裡好好的吹次氣休息休息。

吃完還是很難吃的義大利麵後，我決定去找吳宜珊說個清楚。

我們還是約在老地方STARBUCKS見面，這次我心情很好的請她喝焦糖冰咖啡，雖然她對於咖啡的品味相當糟糕，但我想偶爾為之應該是沒關係的。

「我想好小說的名字了。」

『哦？』

「陳仁鴻。」

吳宜珊的臉頰微微顫抖，我想那是她努力克制情緒的表現。

「當然現在說這些是都還太早的，畢竟還不曉得能不能被錄用嘛！哈！」

『說的也是。』

「不過……我一向有個習慣是，在書裡得死個人。」

我看見吳宜珊皺著眉頭，我猶豫著該不該繼續說下去。

『為什麼呢？』

「因為死掉的人比較值得原諒嘛——」

吳宜珊一副快哭出來的表情，我趕緊轉移話題說：

「這句話不知道在我書裡出現過幾次了！哈！夠混哦。」

『……』

「……」

『……』

「……」

差不多過了半個小時那麼久，吳宜珊才一副快哭出來的表情，說：

『那就讓女主角死掉嘛！』

「為什麼？」

『就像妳說的呀！死掉的人比較值得原諒嘛！我想女主角比較需要被原諒吧。』

「但我已經寫了耶！死的是男主角，要改的話恐怕很麻煩哦？」

『哦……好殘忍哦！總覺得捨不得耶！』吳宜珊突然回復了開朗的語調，感覺就像是她當初第一次打電話給我的那樣；『畢竟他只是殘酷的甩了我而已嘛！再怎麼說就這樣讓他在書裡死掉的話會不會太過分了呢！哈哈哈！』

如果我是在書裡發出求救的訊號，那麼吳宜珊呢？她是藉由強裝開朗來掩蓋內心的傷痛嗎？

我決定配合她，儘量也裝出開朗的聲音，說：「唉喲！反正男人嘛！沒一個好東西喲！哈～～」

『說的也是呢！哈哈哈！』吳宜珊突然以突兀的嘆息急驟的結束這場大笑，還是於心不忍的說：『怎麼想還是感覺好可憐哦！畢竟死亡是一件很可怕的事情嘛！』

「反正只是小說嘛。」

我握住吳宜珊的手，最後說。

反正只是小說嘛！

維珍妮女孩

朋友心急的丟下一串問題，
而我只是捻熄了香菸，然後說：
「當一段眼淚不是為你而滑落的時候，
再多的心動都只是多餘，不是嗎？」

我在7-11打工，我得承認這的確是小說看太多之後的副作用。

每天我都以為會有一個長得活脫脫像是從流行雜誌裡走出來的美眉，然後總在十點零五分進入店裡，她會拿一份民生報，以及一瓶藍色利樂包低脂鮮乳，而且還是二十元的那種。

她總會剛好給我三十元，而且是兩個十元硬幣與兩個五元硬幣；接著把報紙夾在左手腋下，右手以姆指、無名指、小指拿起鮮奶，以食指和中指夾起一根吸管；她會笑一笑，然後點點頭。

接著某一天她會突然遞給我一張百圓大鈔，當然我會很巧的發現鈔票上寫有她的名字，不用想她的筆跡一定相當娟秀，因為小說裡的女主角剛好的都會不約而同的筆跡娟秀而令人感動到想哭的地步。

而長相漂亮這點更是不用多費唇舌解釋的，當你看見一本愛情小說，甚至你還不用翻開閱讀，你就可以知道裡頭一定會有個漂亮並且靈秀的女主角，然後她會和男主角愛得很辛苦，要不就是一開始會互看不順眼，吵吵鬧鬧的但最後還是會愛成一團無法自拔，差不多是連命都可以不要的那種程度。

事實上看這種小說最大的樂趣在於，所有人都知道這兩個吵鬧的傢伙到最後一定會互相對眼，但好像就唯獨他們兩個當事人不會知道，因為他們得繞了一大圈才會知道原來對方是彼此生命中唯一的真愛。

我曾經試圖寫信去問那個作者怎麼會這樣？結果她回信告訴我愛情使人豬頭不是？其實我覺得她才是豬頭一個，否則怎麼會寫出這種豬頭到不行的愛情故事來。

但是無論如何我是不會這麼做的，畢竟還是不要得罪搖筆桿的人會比較安全些，否則難保我的名字會莫名其妙的出現在某本不紅的愛情小說裡，而且還是一個衰得沒完沒了的豬頭。

儘管我是這麼的唾棄那些把愛情寫得感人肺腑的愛情小說，但我還是會每一本都跑去買來看看，然後看完之後再嘲笑自己真是浪費生命，接著起碼會憤世嫉俗並且沮喪好一陣子。

沒辦法，我老是追不到女生，所以我只好參考這些暢銷的愛情故事，看看裡頭的男主角都是怎麼把到美眉的。

如果換一個浪漫點的說法則是——閱讀是為了滿足現實生活中的缺憾。

於是在喝了兩杯愛爾蘭咖啡並且發現老闆娘都是歐巴桑，然後每天買一杯熱奶茶結果發現那些美眉等待的只是我趕快付錢，所以我只好試著跑去貓空碰碰運氣、看看能不能讓我邂逅到一個不食人間煙火的美少女、結果卻在半途就迷了路於是只好打消念頭之後，我決定換一個經濟又實惠的方式——

去7-11打工。

當我的打工生涯進行將近一個月，並且因為誤收三張偽鈔而感覺到相當之幹於是才意識到這種念頭實在過分天真並且容易賠本而打算洗手不幹時，我在這天下午發現一個疑似我會愛上她的女孩。

她的皮膚白皙，但我覺得那應該算是蒼白；她的眼神迷濛，但我懷疑那是因為她剛睡醒，她的身材清瘦，但我判斷她應該沒什麼胸部。

不過沒關係，因為她是我喜歡的類型，而且我懷疑她對我也有好感，因為她筆直的向我走來。

大約有五秒鐘的時候，我感覺到心花怒放，但是五秒鐘過後，我感覺到相當錯愕。

「你懂不懂排隊！」

她就站在我的面前，以一種非常兇狠的口氣撂下這句話，我低頭一看，發現櫃檯前正好被擺上兩杯思樂冰，並且有一個小小的手掌拿了幾個銅板，擠到她的面前準備想要付錢，旁邊還有一個比較高但也只比櫃檯高出一顆頭的小女孩十分驚恐的看著她。

當場陷入一片尷尬，我看見那個比較高的小女孩好像一副遇到壞人快被嚇哭的表情，沒有辦法我只好趕快拿起那個我連他頭頂都看不到的小小孩的銅板替他們結帳讓他們快跑。

為此這個女孩還非常不爽的瞪了我一眼。

「臭小孩。」她說。

然後那兩個小孩拿起思樂冰拔腿快跑，並且在逃命之餘還不會忘記拿兩根吸管。

「小的維珍妮。」

『疑？』

「我要一包小的維珍妮。」

『好。』

我以非常快的速度拿菸給她收錢找零給發票，為時大概不過五秒鐘。

「謝謝。」

女孩露出一抹虛弱的笑容，然後離開。

女孩離開之後我突然覺得鬆了一口氣，甚至我懷疑我剛剛一直在發抖也不一定。

我仔細的回想這不過一分鐘不到的時間，我的心情竟然猶如坐了一場雲霄飛車那樣。

女孩出現——心花怒放。

女孩生氣——錯愕害怕。

女孩離開——百感交集。

百感交集？是的，百感交集。

她的笑容非常甜美，雖然只是將嘴角微微上揚，而不是那種發自內心的微笑，但我相信不管是任何人看了那種微笑都會覺得已經夠了。

若不是因為她實在太兇並且討厭小孩的話，我想我會為她瘋狂。

足夠了。

不知道是不是因為女孩滿意我的服務速度，她每天下午都會來買一包小的維珍妮，並且將發票塞入櫃檯上那個愛心募款箱裡面。

好幾次我都想試著告訴她那個箱子只收現金而非發票，但想想她的脾氣是如此之差於是只好作罷。

反正我再撈出來就好了。

但不知道是哪根筋不對，我竟會將那些發票拿回家仔仔細細的收集存放。

當我差不多收了第二十六張發票之後，我和女孩有了進一步的認識，不過並不是在7-11裡，而是在朋友的聚會上。

她隨著她的朋友一起出現，我一度懷疑那不是她本人，而只是一個和她有同一張臉的陌生人。

因為這個她臉上總是掛著淺淺的笑容，並且她看起來相當溫柔可人，而且，一旦有人抽菸的時候，她就會相當客氣的請他不要這麼做，理由是她對菸味過敏。

重要的是，她彷彿從來沒看過我這個人似的。

儘管差異是如此之大，但我十分確定她就是我每天會遇見的那個維珍妮女孩，因為那微笑的方式，錯不了的！

儘管只是將嘴角微微上揚，並不是發自於內心的微笑，但是已經令人感覺到足夠了的那種笑容。

終於，我找了個機會接近她，並且問：妳真的沒看過我？7-11？小包維珍妮？插隊付錢的臭小孩？

她十分不解的搖搖頭，然後微笑說要去一下洗手間。

讚哦。

維珍妮女孩離開之後朋友把我拉到一邊喜出望外的說，並且偷偷塞給我一張他向朋友要來的電話，說這是他的一點小心意，他說他看得出來我十分喜歡這女孩，並且基於哥兒們的情誼，他願意把這到手的機會忍痛割愛給我。

只不過代價是我得請他吃一客牛排。

維珍妮女孩沒再回來，我想她可能是尿遁了也不一定，但究竟是為什麼呢？

我以一客牛排的代價交換那張電話，但卻沒有勇氣按下那十個號碼，因為我不知道哪個才是真正的她。

隔天我又見到那女孩，依舊是7-11，依舊是睡眼惺忪，依舊是小包維珍妮，依舊是將發票塞進那募款箱裡。

依舊是一副不認得我的樣子。

我沒有問她昨天為什麼不告而別，我只是覺得有點失落。

哪一個才是真正的她呢？我想我知道答案。

當維珍妮女孩把第五十張發票塞進募款箱時，我決定問她一個問題——

「妳真的沒見過我？」

『什麼？』

於是我當場撥了那個號碼，她口袋裡的手機響起。

「妳就是那天聚會的女孩不是嗎？妳真的沒見過我？」

維珍妮女孩的眼神一黯，她說了聲謝謝，然後離開。

不，其實她並沒有真正的離開，她在外面拆了包裝然後燃起一根維珍妮，我看見在菸霧瀰漫中她的側臉，有點憂傷，有點迷亂，彷彿隨著菸霧散去之後，她的存在也會隨之消逝一樣。

維珍妮女孩捻熄了菸，拿起手機，回撥。

我接起手機，聽到她說在對面的咖啡館等我。

男人不該讓女人等待是不是？於是我急call了大夜班的那個傢伙，並且以兩張電影票的代價求他幫我代班。

半個小時之後，我走進對面的咖啡館。

「你來得好快。」

維珍妮女孩抬頭看見我，然後說。

『我怕妳等太久。』我回答。

維珍妮女孩一直沉默的抽著香菸，我看見菸灰缸裡已經躺了五根菸屍，終於等到服務生為我上了咖啡之後，她才說了第二句話：「我在試著戒菸。」

『吭？』

「所以我每天買一包小的維珍妮，試著減少一半的菸量。」

維珍妮女孩的聲音相當細緻，完全沒有我想像中老菸槍特有的沙啞聲音。

『那天為什麼不告而別？』

維珍妮女孩的嘴角又微微上揚，她說：「因為那時候突然想要抽菸。」

『疑？』

「我不習慣讓別人看見我抽菸，除非是在能讓我感到安心的人面前。」

『我令妳感到安心？』

「嗯。」

『那又為什什麼裝傻？』

「那天是我的另一面，我的兩面沒有辦法同時存在，於是我只好裝傻。」

『什麼意思？』

「雙重人格。」

維珍妮女孩的眼神開始迷濛，但我想這應該不是因為她剛睡醒，而是因為她的眼睛開始變溼；她一直盯著天花板，努力克制著不要讓裡頭的水份溢出。

「你有沒有被愛情傷透了心過？」這是維珍妮女孩對我的第一個問題。

『沒有，我沒談過戀愛。』我回答。

「我曾經很愛很愛一個男生，不知道為什麼我開始想要學他，我學他抽菸、學他什麼事都不在乎，學我深深愛著的他；但有一天他告訴我說想要分手，因為他愛上一個討厭菸味的女孩，他說那女孩會管他抽菸管他半夜玩樂，管他所有傷害自己的行為，他說那才是愛情，他還說在那女孩的身上他看見當初他愛過的我的樣子。」

我無言以對，我的心揪得很緊，因為維珍妮女孩開始流淚了。

「我的愛情不能如他所願，我只好選擇退出。」
『所以妳開始戒於？』
維珍妮女孩搖搖頭，說：
「反正都已經失去了，何必還要戒掉這習慣？」
『那又是為什麼？』
「有天我在這裡看見那女孩，我看見她一個人坐在這裡抽菸，她一邊流眼淚一邊抽菸，我突然覺得……」

維珍妮女孩哽咽，我只得握著她的手，靜靜的聽她哭泣，以一種令她安心的姿態。

好像是過了一個世紀那麼久吧，維珍妮女孩才終於說道：
「謝謝你聽我說這些，說出來總算是好過些了。」
『還是戒了吧！』我試探性的問，誠心的建議。
「戒了菸就能戒得了思念嗎？」維珍妮女孩反問。

『……』

最後她笑著說：你應該是那種會管女朋友的男生吧？

我不知所措，只好將嘴角微微上揚。

「再見。」她說。

『再見。』我說。

女孩離開的時候我看見她將手機丟進垃圾筒裡，我想我懂她的意思。

我沒再見過女孩，或許她真的戒了菸，或許她是去了別家便利店買菸。

我不知道。

我將那五十張發票拿出來新檢閱一次，然後連同那張寫有女孩電話的紙條打包收到抽屜的最底層。

上鎖。

這天我得依約定請那朋友吃牛排，才一坐定，他就急急忙忙的問我和維珍妮女孩散會之後的後續發展。

我向他要了一根菸，在菸霧裡，我把和女孩在咖啡廳裡的事情告訴他。

「只有一根菸的時間，所謂的後續發展只有一根菸的時間。」

『那不是很可惜嗎？她流淚的樣子應該很美吧？我想她多少對你也有好感吧？』

朋友心急的丟下一串問題，而我只是捻熄香菸，然後說：

「當一段眼淚不是為你而滑落的時候，再多的心動都只是多餘，不是嗎？」

遇見所謂的作家

「如果你還要問我所謂的作家是什麼？
我可以告訴你，就是將愛情寫得美輪美奐可歌可泣
還騙走你的眼淚，
但他們卻從來不自己身體力行的那種人。」

我在書局裡打工，像7-11一樣的連鎖書局裡。

兩者的差異在於，一般人走進7-11多半是為了掏錢買東西，而走進書局卻大多只是為了白看書殺時間，或者是和朋友約了在這裡碰頭，然後離開。

我無所謂這個，反正我領的是死薪水，微薄的死薪水，書賣得好不好對我這個小小的工讀生而言並沒有任何差別，賣多了我不見得會高興，賣少了我反而樂得清閒。

我在書局裡打工，但我從來不買書，我賺的微薄薪水全貢獻給各牌服飾，或昂貴咖啡館，我覺得這樣很值得。

而之所以會到書局打工的原因是，它離我的學校近，還有，在書局打工聽起來好像亂有氣質的感覺。

聽起來而非看起來，畢竟氣質這東西在我臉上完全找不到，倒是最新一季的名牌服飾可以輕而易舉的在我身上發現。

在書局打工其實很無聊，我不閱讀任何書籍，和一起工作的那個正職女生也沒有太多的話聊。

我們其實處得還不錯，只是自從有天我發現她的皮夾竟是仿的PRADA之後，我就不太想和她說話了。

在這種無聊的工讀日子裡，我開始發現一個很可疑的男生。

他常常到這裡閒逛，也不買書，也不閱讀，就是很單純的看書，看看每本書，然後離開，甚至看也不看我一眼。

他常出現，所以我會注意到他其實也是非常無可奈何的事情。

我猜他很可能是我們學校的學生，但我總蹺課，所以我沒在學校裡見過他也是理所當然的事情。

中等身材，皮膚白淨，長相斯文，一看就是缺乏運動的男生，我懷疑他連學校籃球場在哪裡都不會知道，不過沒關係，我也不曉得。

倒是蹺了哪個教授的課鐵定被當我反而知道得清楚些。

他越來越可疑，我真覺得。

他逛書局逛了好久一陣子，有一天他對著新書的那個櫃子大叫。

好吧！他其實沒有大叫，但是從他的背影判斷，他肯定在心底放十二響禮炮了。

如果他有運動細胞的話，或許他還會滿地歡呼亂蹦亂跳的也不一定，但謝天謝地，他沒有。

畢竟要把客人趕出店裡的這個動作還挺累人的，而我又只是個領微薄薪水的小工讀生，至於那個仿PRADA女？她正忙著看新出爐的壹周刊，可沒發現這些。

猜怎麼回事？

他拿起一本小說非常仔細的閱讀，而且閱讀的方式相當之詭異。

他看售價，再來是作者簡介，然後是序，最後才是內文。

為什麼我會這麼清楚？

很簡單，我直接走到他身邊觀察他的一舉一動。

而這傢伙似乎太投入了，根本沒發現他被我偷看得這麼仔細。

我甚至還仔細的研究了他鼻子的弧線，還不錯的一隻鼻子，他的下唇比上唇厚，看來應該會是個專情的男生。

別誤會，其實我對面相沒有任何的研究，只是根據他專注看書的模樣判斷。

這傢伙非常之專注，我懷疑就算我偷偷拔他三根頭髮，或者是在他面前跳天鵝湖他也不會發現。

我感覺到相當的無力，怎麼我漂亮的臉孔和整身的名牌還不及一本書來得吸引人？

氣煞我也！明天改擦香奈兒的那條口紅好了。

我本來以為他會買下那本書的，這樣一來或許我就可以和他說些話了。像是有沒有貴賓卡？或是現金或信用卡？然後是謝謝。如果順利的話，或許我還可以問問他是不是我們學校的學生？有沒有女朋友？喜不喜歡我這一類型的女生……這類的。

但他沒有，他看完之後就直接走了。

也好，反正我也從來沒搭訕過男生。

他走了之後，我跟著也拿起那本新書看，我學他先看售價：兩百塊。坦白說，一杯兩百塊錢的咖啡會遠比一本兩百塊錢的書來得令我專注些。再來是作者簡介，沒寫啥重點，然後是序。

呵！我看到這裡已經開始想睡覺了。

沒辦法，畢竟不是讀書的料，不知道這學期能不能ALL PASS。

回家之後我甚至連那本書是誰寫的都忘了。

我對男孩的注意力隨著我成功買到一個LV的包包而有所遞減。

大約是過了一個月以後，我才又注意到這個鼻子弧線好看，下唇比上唇厚的男生。

我很難不注意他，這次。

這次他帶著兩個朋友來，兩個長相模糊的男生，對著那書嘰嘰喳喳。

我發誓，這次他們真的嘰嘰喳喳的，我甚至懷疑他又在心底放了十二響禮炮。

怎麼著？原來那本書上排行榜了。

到底怎麼回事？這有什麼好高興的？

這三個吵鬧的傢伙離開之後，我又試著想看看這本書到底出了什麼問題。

售價，作者簡介，呵！我又想睡覺了。

我始終沒發現那書有什麼問題，倒是這男生出現的次數越來越頻繁。

他每次一進店裡來，就是先盯著那本書，我就盯著他盯著那本書，每次我盯著他盯著那本書的時候，我總有一個問題——

怎麼那本書比我漂亮嗎？我懷疑他始終沒發現我盯著他盯著那本書。

這天我休假，和朋友約了去物色下一個LV的新貨色。

我們約在這裡碰頭，當我到的時候那娘兒們居然才剛起床。

她慘了，我非殺了她不可。

女人是善變的是不是？我非殺了她不可的這個念頭只維持到她說要請我喝一杯兩百塊錢的咖啡以示賠罪為止。

也好，用半小時的等待換一杯兩百塊錢的咖啡，還過得去。

半小時，如果你得在書店裡花半小時等人，你會怎麼做？

看書是不是？對，我寧願看書，也不想和那個仿PRADA女打哈哈。

我再度拿起那本排行榜上兩百塊錢的書來閱讀。

售價，作者簡介，然後是序。

「妳也喜歡這本書嗎？」

有個聲音在我的左後方落下，轉頭一看，原來是那男生。

『是呀，朋友向我介紹的，說是錯過可惜。』既然他這麼愛這本書，我就來跟他唬爛唬爛好了。

「真的嗎？」他笑得挺開心的，我發現到他的笑容也不錯看。

『是呀，我的朋友人手一本呢。』

簡直唬爛，我的朋友根本是文盲，他們唯一知道的作家是飯島愛，你若是對他們談起李敖或高行健，那根本就是在羞辱他們。

男孩興致很好的對我談起這本書，我發現他的聲音很也好聽。

當我試圖想問問他是不是我們學校的學生時，那個說會遲到半小時的娘兒們竟然提早出現。

要命。

我都唬爛了說這本書錯過可惜，所以我豈能在他面前把書放回去？

所以我只好含著眼淚硬著頭皮拿去結帳了，那仿PRADA女見我買書還一副被嚇到的蠢樣。

然後男孩好久沒再出現，好久，真的好久，久得我都快要忘記有這個人的存在了。

就在我幾乎忘記這個人的時候，他才又出現我眼前，在這書局。

我自然以為他又是來看那本書的，但他不是，這次他的注意力放到另一本書上，原來是那作者又出新書了。

我站到他身旁，想看看他這次會用什麼順序看這書，但沒想到他竟和我說話了。

我原以為是他記得我，但他不是，他很誠懇的建議道，同個作者的書擺在一起是不是比較好？

去他的。

更去他的是，我竟就乖乖的照著做了。

簡直沒用。

更沒用的是，這學期我竟有堂課要重修。

那教授耍陰的，我每次都等他點完名才閃人的，沒想到他竟還是膽敢當我，並且還笑著對我說，很高興我們又能重逢了。

也好，我因此確定了一件事情，那男生的確是我們學校的學生，他也被當，也來重修，他第二次被當，第三次修這堂課。

他的位置就在我旁邊，但他卻好像沒見過我這個人似的。
「喂！你真的沒見過我？」我忍不住終於問了他，在上課時。
愣……他一臉的無辜，可能還以為我這是在泡他也不一定。
於是我提起那本書，那書局，他才終於慢慢的回憶起來。

然後他終於說出一句像樣的人話——
『妳長得很漂亮。』
「謝謝。」這我當然知道，但是從他嘴裡說出來，我就是特別高興。
『沒想到妳竟是我學妹呀。』
「沒想到你竟是我學長呢。」
我跟著說：「沒辦法，我們都太愛蹺課了，我們連籃球場在哪裡都不曉得。」

然後我們開始交往，第一次約會的地點就是我們都不知道在哪裡的籃球場。
誰泡誰到底？我可以很確定的告訴你，是這傢伙泡我的。
原來他會寫書，原來那兩本書是他寫的，我早該想到。
他說要替我寫本書，說要拿我當下本書的女主角。我沒意見。

我說我辭去打工了，我再混下去遲早得延畢。他沒意見。

我們莫名其妙的交往，我們莫名其妙的分手，為期一年。

你說哪有這種事？你說一定有什麼原因。

我倒想問問你，愛情有什麼道理可言？愛情都沒道理了，便何況是分手。

我懶得跟你解釋什麼，我剛才一個人幹光一瓶紅酒，我現在正抱著馬桶猛吐。

失戀苦，是不是？

沒關係的，吐完之後這苦就會跟著淡去的。

我吐得很慘，幾乎快把我的胃給吐出來了，我只是在想，如果能把心也一起吐了出來，那該多好。

和男作家分手的副作用是，我現在看到書局都會覺得疲憊，還是LV適合我些。

過了很久，就在我幾乎要忘記這失戀苦的時候，我從郵差手中接到一本該死的書。

是他的第三本書。

售價，作者簡介，序，這次我終於把內文看完了，那情節好像似曾相識，但讀來卻如此陌生。

終於我知道所謂的寫作是怎麼回事了。

他明天有個簽名會，他每本書都上了排行榜，他早變成暢銷作者了，他應得的，我承認，因為他真的很會美化故事。

所以我決定為他再踏進書局裡一次，我不是要他的簽名，我是要把這本書還給他，因為那不是我的故事，因為我們的愛情沒有這麼美麗感人。

如果你還要問我所謂的作家是什麼？我可以告訴你，就是將愛情寫得美輪美奐可歌可泣還騙走你的眼淚，但他們卻從來不自己身體力行的那種人。

我的單身不用誰來負責

「意思是妳不能和我交往嗎？」

『意思是我不想和你交往吧。』

「為什麼呢？我條件也不差，又有點喜歡妳不是嗎？」

『好像是這樣吧。』

「那究竟是為什麼呢？反正妳也沒交過男朋友不是？」

很好，他又說到重點了。

我拿起包包，起身，最後說：『我的單身不用誰來負責。』

我接到一通莫名其妙的電話，一個年輕的男聲，我非常確定我不認識這個傢伙，但他卻好像對我瞭若指掌。

正確一點的說法是，他對我的基本資料瞭若指掌。

「這是惡作劇嗎？或者你是保險推銷員或賣靈骨塔的什麼嗎？」

我忍不住打斷他，但他卻一口咬定我這是在裝傻。

『我以為我們昨天聊得很愉快，而且妳還要我無論如何也得打電話給妳。』

這個來路不明的怪傢伙說。

我不太確定我昨天做了哪些事，但我非常確定我沒有和誰聊得很愉快。

事實上我這輩子從來沒和誰聊得很愉快過，我沒有什麼朋友，我的人際關係相當糟糕，很少人能和我相處五分鐘以上而不會想要離開的。

「對，昨天妳也這樣說，妳說本人的妳會害羞，妳還說妳的記性非常差，妳說妳可能一覺醒來就把這件事情給忘得一乾二淨，所以妳要我無論如何也得給妳打電話。」他又說。

怪了，我記性是不好，但我懷疑只有白痴才會像他形容的那樣。

「這是惡作劇嗎？」他問。

什麼情形現在？做賊喊抓賊嗎？

「算了，我只是想告訴妳真的很高興認識妳，我們昨天聊得真的很愉快，如果妳又想起來的話，希望妳晚上能再上那裡，我非常希望能夠再度遇見妳，還有，妳的聲音很好聽。」

『等一下，你說的那裡是哪裡？』

「聊天室呀。」

『吭？』

「我會在那裡等妳，bye。」

『喂？』

這傢伙掛了電話，他說最後一句話的時候，聲音聽起來相當哀傷。

我不知道這是什麼情形，於是我花了一下午的時間思考這到底什麼情形，然後我的美女朋友打來的一通電話，讓我立刻明白這到底怎麼一回事。

美女其實有她自己的名字，但我想她長得如此美麗於是直呼她為美女即可，再說，她本人也相當樂意的接受，並且稱讚我講話真是實在。

美女是唯一能和我相處五分鐘以上而不想走開的朋友，大概是因為每次我們聊天的時候，她總是淘淘不絕的談起她的新戀情，而我所要做的事情只是不斷的『嗯』、

『是哦』、『這樣呀』……這類表示我有在聽的廢話。

然後我會把聽到的事情轉化成小說寫下來被出版。

我是一個羅曼史作者，我寫的小說相當受歡迎，為此出版社要我每個月寫一本羅曼史好供他們出版賺錢，有書局的羅曼史區甚至還為我設置了作者專區，每次我逛到那裡去的時候，總是會看到很多的小女生或坐或蹲的仔細閱讀著，她們的表情通常都會相當的滿足。

因此我想我應該算是個小有名氣的羅曼史作者，我有個相當美麗並且夢幻的筆名，我每個月得交出一部愛情故事給出版社賺錢，但問題是我從來沒有談過戀愛。

而今天的美女相當詭異，她竟完全沒提起又有多少男人情葬她的石榴裙下，相反的，她劈頭就問有沒有一個男生打電話給我？

疑？

原來這娘兒們假冒我的身份上聊天室謊稱是要為小說找題材，並且把目標鎖定一個她直覺不錯的男人，然後開始搭訕。

美女說他們聊得相當愉快，於是還要他無論如何也要記得給我打電話，所以才會發生稍早那段互相懷疑的碟對碟電話。

「妳怎麼可以這樣自作主張？」我吼了過去。

『他的聲音怎麼樣？好不好聽？是不是很迷人？』美女完全無視於我的生氣。

「妳不覺得這麼做相當低級並且缺德嗎？」我試著再吼一次。

『妳不覺得妳也該談場戀愛了嗎？』美女竟還振振有辭，並且直搗我的痛處。

也罷！對於這種毫無責任感並且缺乏道德心可言的傢伙，再怎麼多說都只是對牛彈琴罷了。

簡直諸事不順！這天。

眼看著截稿日就要逼近，我卻連個靈感也沒有，於是我打電話告訴主編說我得了職業倦怠症，我說我可能已經江郎才盡了，結果那傢伙聽了之後不但不會緊張，反而還試圖想要我辦場簽名會。

他說讀者相當熱烈的反應希望能和那個美麗並且夢幻的筆名進行面對面的接觸，還說他們有很多的愛情問題想要請教我的看法。

「我是個醜八怪，我露了臉只會壞了他們的想像並且影響了銷售量。」

我大概是心情差到不行，否則我怎麼會一時失察據實以告呢？

「交個男朋友吧！談戀愛會有助於靈感的啟發。」那豬頭主編竟還笑嘻嘻的說。

去他的！我招誰惹誰了！我交不交男朋友是哪裡礙到他們了？

煩死我煩死我煩死我——

愣……電話又響起。

「喂？」

去！怎麼又是那個白痴男。

『我剛剛在聊天室遇到妳，我覺得很高興。』

「那是我朋友的惡作劇，你被騙了，那不關我的事。」

『對，她也這麼說，但剛又說這次是本人的妳上線，妳說我們聊得很愉快，妳說妳其實也想認識我，於是妳就自己上線了。』

「事實上你又被騙了，而且我並不認為我們聊得有愉快。」

『哦……』

白痴男聽起來好像很受傷的樣子，他的聲音讓我覺得相當過意不去，他接下來說的事情更讓我感覺到對不起他。

他說他今天去了書局看我的書，他說他雖然不看羅曼史，但是不知道為什麼他卻買了好幾本回家，他說大概是因為他喜歡我的緣故吧。

我楞了好久，理性與感性在我的心底掙扎，最後我選擇告訴他我的想法。

「我想你喜歡的是我那個朋友，她長得相當美麗動人，或許我可以給你她的電話

——」

『不，我想我喜歡的是妳。』

「不，我想你喜歡的是她。」

『不，我想我喜歡的是她假扮的妳，是妳。』

完蛋了！我好像被感動了。

沒辦法，我生平第一次聽到男生說喜歡我，我感覺到小鹿亂撞並且呼吸困難，我一次又一次的問自己是不是愛情真的來了？

我想我一定是受到太大的震撼才會一時糊塗答應和他見面。

到了約定的時間，我故意先躲在柱子後面看看這白痴男是何長相，然後再視情況而定。

時間一到，一個陽光型的高大男孩出現，他的穿著打扮完全符合白痴男的形容，我看了他之後突然覺得很想要逃跑，因為他的條件好到令人難以置信，我大概可以猜到他第一眼看到我的反應會是失望。

來不及！我的手機恰巧響起，我手忙腳亂的想要關機，但來不及，他已經循著聲音走向我。

糗！

「妳覺得我很醜所以想落跑嗎？」

這是他開口的第一句話。

我的老天爺，他簡直是現實版的夢中情人，我很難相信這樣帥的一個男人竟會白痴到上網給人連續騙了兩次。

『不，事實上你長得相當之帥，你帥到令我自慚形愧，我不想你看到我露出失望的表情，所以我才會想要逃跑。』我解釋。

「進去喝咖啡吧，今天真熱。」

他答非所問，於是我只好一楞一楞的跟著他走進去。

「兩杯冰咖啡。」

冰咖啡送上來的時候我狠狠的吸了一大口，想要試圖鎮定我的緊張情緒，但是沒用。

在今天以前我一直以為像他這樣的男生會只存在於我虛構的愛情故事裡，但顯然我得改變我的偏見。

他不會喜歡我、他不會喜歡我、他不會喜歡我——

「妳並沒有自己想像中的那麼糟。」

這是我們坐定之後他說的第一句話。

我一楞，無言以對。

『但我到底不美。』

再次我選擇誠實表達，並且因此我的心跳總算恢復正常的頻率。

「我看了妳的小說，坦白說妳把女主角都寫得太完美了，我懷疑妳是被自己創造出來的虛擬美女給害得對自己缺乏信心。」

『寫作是為了滿足現實的缺憾。』

「嗯？」

『正因為現實的我是如此的不完美，所以我才會在書裡讓自己化身為完美的女主角並且談一場完美的愛情。』

「為什麼要追求完美？」

『追求完全乃人之常情。』

「不，事實上我剛結束一場看似完美但結果卻令我傷痕纍纍的愛情，我並不認為所謂的完美真正存在。」

『所謂的完美並不存在？』

「對。」

我鼓起勇氣凝視他幾乎完美的眼睛，問：

『所以你來見我是希望我為你寫本故事？寫那段看似完美的愛情？』

「並不完全是這樣，我只是厭倦了和完美的女生交往罷了。」

『所以你想試著和我交往？』

「好像是這樣吧。」

『為什麼？』

「因為我想我喜歡妳。」

我深呼吸，咕嚕咕嚕的喝乾那杯冰咖啡，然後說：

『或許我知道為什麼。』

「嗯？」

『你喜歡的只是我的太不完美，這只是為了滿足你的優越感而不是真正的喜歡，或者也可能是你認為和太不完美的我交往就可以令你不再受傷。』

他楞了幾乎有一分鐘那麼久，才終於能夠說道：

「意思是妳不能和我交往嗎？」

『意思是我不想和你交往吧。』

「為什麼呢？我條件也不差，又有點喜歡妳不是嗎？」

『好像是這樣吧。』

「那究竟是為什麼呢？反正妳也沒交過男朋友不是？」

很好，他又說到重點了。

我拿起包包，起身，最後說：『我的單身不用誰來負責。』

只愛上一個名字是危險的

在那一剎那間，我突然知道該怎麼做了。
我決定換門號，決定不上網，
決定多出去走走，決定不讓一個ID左右我。
因為，只愛上一個名字是危險的。

「只愛上一個名字是危險的。」

我因為這句話開始對他另眼相待。

但是在這之前，我們差不多可以說是水火不容的，或者應該說是，互看不順眼。

更正確的說法是，詛咒對方生兒子沒屁眼。

我們是在一個網站上遇到的，一開始我看到這個人的文字時，只覺得有點犀利，有點好玩，除此之外，並沒有太多的感想。

導火線是因為我貼了我的小說上去給人欣賞，欣賞？是的，我希望得到讚美，儘管我不是獅子座，但我的確是比獅子還虛榮的，雖然我根本不相信那些寫來讓每個人自戀的狗屁星評。

沒想到才貼了前兩段，這傢伙就跳出來直言不諱說這裡不好，那裡不對，我猜他真正想說的大概是：這種東西也配稱為文字？

他媽的！對不起，但我當時真的只有這個想法。

我感覺到非常的震怒，那是我寫過最好的小說，看過的人都說讚，當然這是不是客套話，無論如何我是不會想要追問的。

但現在這個傢伙，這個來路不明，驕傲自大，自以為是，但其實什麼都不是的傢伙，卻說得修改否則恐怕難登大雅之堂。

他媽的！他算哪根蔥，他連屁都不是。

我再次道歉，因為至今回想起來，我仍然怒不可扼，儘管我都告訴別人說，現在回想起來只覺得好笑。

這當然只是我的客套話，只是為了表現我的風度才故意這麼說的。

事實上我一直是個小心眼，愛記恨，又輸不起的人。

但我想我偽裝的還不錯，甚至有時我向別人這麼描述自己時，他們還當我是開玩笑，畢竟很少人習慣這麼毒舌自己。

當然這是題外話了。

總而言之，我就像是給人呼了一個耳光，而對象又是一個來路不明，驕傲自大，自以為是，但其實什麼都不是的傢伙，所以我當然得反擊回去。

起初我還能保持住風度，客客套套的回應，但我得承認，我多少還是有些話中帶刺的，我沒辦法，因為這傢伙真的惹毛我了。

於是他回應，用更尖銳的字眼，而我又回應，比他更尖銳，頓時，那站上充滿著攻擊、血腥又殺肅的氣味，有很多人也加入這場戰爭，來當和事佬的，來評評理的，來看熱鬧的，來打知名度的，都有。

回應的非常熱烈，這站上從來沒有這樣熱鬧過，所有新來的朋友都會被介紹去看看，看看這兩個傢伙當初是如此的針鋒相對，甚至還有些人，偶爾還會翻出這件事情來嘲笑一番。

那是我上站的第二天，我一戰成名。

坦白說我並不覺得高興，我花了整夜的時間攻擊防衛，所有人都陪著熱鬧了整夜。

到最後我說莫再回應，不是我累了，而是因為我氣哭了，我不想承認，但我真的給氣哭了。

被這個來路不明，驕傲自大，自以為是，但其實什麼都不是的傢伙給氣哭，這可不是什麼光榮的事情，所以我幾乎不太願意承認這件事情。

所以，噓，不要告訴別人哦。

最後是因為那站長跳出來充當和事佬說了些道理，兩邊都不得罪，才宣告平息的。

後來有一次，我們在這站上附設的聊天室遇到，所有人都期待著我們將會如何交手，但坦白說，我只覺得眼睛痛，是的，這個來路不明，驕傲自大，自以為是，但其實什麼都不是的傢伙惹得我眼睛痛。

我忘了那次在聊天室裡聊了什麼，但我發誓我可沒和這傢伙說到半句話，我是故意的，對，因為我小心眼，愛記恨，又輸不起。

我是說真的，現在你總算相信了吧。

甚至我懷疑這個來路不明，驕傲自大，自以為是，但其實什麼都不是的傢伙，其實也小心眼，愛記恨，輸不起，但我可沒打算向他確認這件事情，因為我可不想再戰一次，再氣哭一次。

反正我們互不交涉，相安無事的存在於那站上，以一個名字，一個ＩＤ。

看到這裡，你一定認為我文字無聊，思考幼稚，沒辦法，我才二十二歲，你能期待一個二十二歲的人會有多成熟的智慧？

當然我提這個並不是要強調我的幼稚無聊，純粹只是為了說出一件事情，我非常的氣不過。

在那場口水戰裡，那傢伙居然讓我氣得說出真實年紀，結果他還謊稱比我年輕，但懂的比我多。

對，我們後來連年紀都拿出來比，我想若不是我們都幼稚無聊，就是真的都氣瘋了。

後來我們是以河水不犯井水的態度繼續存在於那站上，我們開始有共同的朋友，但不會是對方。

雖然也不是我願意的，但還是會得到此傢伙片段的生活資訊。

當我聽說我們竟生活於同一座城市時，我簡直心底發毛。

該不會其實我們認識吧？

但想想又覺得不可能，因為如果我身邊有這樣討人厭的朋友，我應該是會有印象才對的。

至於為什麼我會聽到這傢伙難得說出一句像話的這句話來，如果你忘記的話，容我提示一下，即：「只愛上一個名字是危險的。」

原因是我們的一個共同的網友愛上另一個共同的網友。

詳細情形我根本是懶得說明的，反正網路戀情嘛，不就那麼一回事。

聊呀聊的聊出感情來，或是因為對方的貼文深情感人而動了真情，這一類的。

這在我看來簡直是不可思議到了極點。

其實我想說的是，簡直是愚蠢到了極點。

但有礙於兩人都是我的好網友，所以無論如何我是得忍住不這麼說的。

但我可以稍微提示一下，女的愛上男的，男的給人感覺還不差，女的則十六歲，清純小女生一個。

至今我還是想不透怎麼會和這樣的小女生能在網路上聊得來?我想唯一能解釋的原因大概是我太無聊了。

我無聊到只要有人跟我聊都好,任何人都可以,但絕對不會是那個傢伙。

反正這小女生遭到暗示性的拒絕之後,每天每天聊的重點就是得安慰她,什麼看開點呀,男人還是現實中的好呀,妳還年輕嘛,這類自己說了都覺得是廢話的話。

差點沒把我給煩死。

我發誓我這輩子從來沒有這麼溫柔的安慰過人,但是沒用。

沒想到有一天,小女生突然如夢初醒似的告訴我,說她開始懂了。

問她怎麼著?原來就是被說了那句話給點醒的。

只愛上一個名字是危險的。

我有一種被打敗的挫折感,但我開始不再詛咒他生兒子沒屁眼,我得對這傢伙另眼相待才行。

注意到我的改變沒?我已經不再認為這傢伙是來路不明,驕傲自大,自以為是,但其實什麼都不是了。

有了這一層認知之後，我們開始能在聊天室自然的相處，哈啦打屁，互相嘲笑，這類的。

然而自從不再咒詛他生兒子沒屁眼之後，發現他其實是個什麼樣的男人呢？哈！我就知道你要問這個問題。

唉！男人嘛！不就那樣，不然你倒是說說看你可有遇見過多特別的男人？聽姐姐一句話，男人嘛！真的就那樣而已呀。

他們可能長相斯文，可能陽光熱情，可能才華洋溢，可能抱負遠大，可能憂國憂民，可能談吐幽默，可能高大英俊，可能風流多情，可能溫柔體貼，但說穿了，骨子裡都嘛是一樣的。

是不是有句話說過？大人不過是長了年紀的小孩，而我要說，男人不過是長了年紀的小男孩。

五歲的那種哦！不管他們外表如何成熟，如何穩重，但其實內心還是會有一個部份是永遠長不大的。

為什麼我知道？不蓋你，我了解男人比他們了解自己多。

憑什麼？我可是心理系的高材生呢！如果不是因為和教授亂搞的話……算了，那件事我可不想再提。

反正我們越聊越投機，我發現在驕傲自大的外表下，他其實是害怕受傷，在自以為是的偽裝中，他其實是渴望被肯定，他開口閉口提他的女朋友，這正是他害怕失去愛情的表現。

不管你信不信我的話，我都不會改變我的看法的。

他的原形是小男孩，錯不了的，五歲的那種哦。

你有沒有發現我口吻越來越溫柔？沒有？太好了，這表示我偽裝的還不錯。

我懷疑我可能愛上這傢伙了，這對我來說是有點糟糕的狀況。

因為他有女朋友？誰管那娘兒們，又不是我生的，我幹嘛得替她著想。

真正原因是我不能再放心愛人了，我總是愛錯人，或者是愛對人之後又愛錯人，總是這樣的。

我曾是心理系的高材生，但愛情令人盲目，這句話很芭樂沒錯，但事實就是如此，別試著想反駁。

你就是要反駁？那我可得懷疑你沒有戀愛過了。

他打電話來，他的聲音會殺人，我發誓，不信的話，我叫他也打電話給你試試。

我習慣從聲音去判斷一個人，我想他應該會是我喜歡的類型，還有，他身高一七七，還不錯。

我向來對個子高的男人有種特殊的偏好。

恍惚間，我好像聽到他說喜歡我，為何喜歡？我想這大概是因為他對女人的品味不錯。

我可是個漂亮的女人，否則怎麼會有男朋友還搞上教授……唉！還是別提了，反正到頭來還不是兩頭空。

接下來就是該見面了，這好像是再理所當然的事情。

但是……我不確定，萬一他是隻青蛙怎麼辦？

我寧願相信他不是，但萬一他吃飯很大聲，喝咖啡用茶匙舀來喝，或者一緊張就會放屁，要不有狐臭，或是髮型、打扮不合我的口味，這類的，怎麼辦？

不管怎麼樣，他一定會有令我無法忍受的缺點，一定有，不然我就慘了。

我會愛他愛到死的。

我覺得相當不安，不知道該不該破壞這美好的想像。

當我拿不定主意的時候，小女生又找上我，這才發現原來她已經消失有一陣子了。

怎麼回事？原來小女生又愛上別的網友了，又來了，對不對？

這次我知道該怎麼辦了，我堅定的告訴她，只愛上一個名字是危險的。

只愛上一個名字是危險的？

只愛上一個名字是危險的！

在那一剎那間，我突然知道該怎麼做了。

我決定換門號，決定不上網，決定多出去走走，決定不讓一個ＩＤ左右我。

因為，只愛上一個名字是危險的。

你也想試試網戀？聽姐姐一句話，對，就是這句話：
只愛上一個名字是危險的。錯不了。
這可是一個非常棒的男生告訴我的，非常棒，但只存在於我的想像中。
網路畢竟太虛幻了，唉！

愛妳一萬年

我終於能夠笑出來，
喝著柳橙汁，然後向高個兒道別。
那兩瓶安眠藥？先擱著吧。
愛你一萬年？去他的吧。

我得去買兩瓶安眠藥才行。

我已經失眠一整年了，我早該買安眠藥來吃的，但我始終提不起勁來這麼做。

我快被煩死了，這失眠。

所以我決定，我今天，要將這一整年來累積的份量一口氣吞下，然後，我才能終於睡個好覺。

睡個長長的，長長的覺。

相信我，這是最好的解決方法。

我考慮過燒煤炭，但這死法最近太流行，我可不是那種盲目追求流行的人。

割腕？行不通，我全身上下沒有一處疤痕，我可不想在最後一刻壞了這驕傲，我可是個一路走來，始終如一的女人。

上吊？聽說舌頭會吐得老長的，那模樣醜得我光是想像就受不了。

跳樓？不成不成，我有懼高症，我這輩子沒上過五樓以上。

還有什麼？別說了，就這個吧。

安眠藥，多詩情畫意，還能假裝自己是童話故事裡的睡美人，等待著王子的救贖。

王子？去他的王子。

我和我的王子分手一年了，一年半前他在那該死的貓空發誓說要愛我一萬年，半年後，他在天母的麥當勞吸著中杯可樂，手裡還拿著三根薯條抹著蕃茄醬，說有個女人要愛他愛到死。

換成是妳，妳會怎麼選擇？

好樣的，他還一臉無辜的問我，把問題丟回來給我。

愛妳一萬年，去他的愛妳一萬年，更去他的是，我竟就傻傻的相信了。

愛情使人豬頭，是不是？

一萬年有多長？我告訴你，男人的一萬年只消半年就沒了。

連個屁都沒了。

喂！我問你，要是有個該死的男人對你這麼說，你會怎麼辦？敲敲他的頭要他別鬧了？一哭二鬧三上吊的求他別走？

開玩笑，我可是有我起碼的尊嚴，這種肥皂劇裡的固定戲碼可不是我的STYLE。

好聚好散是不是？所以我瀟灑的祝福他們幸福快樂，我簡直快被我的成熟風度給感動死了。

但那傢伙，我的王子，我原以為他會拉住我的手說他錯了，他愛的還是我，說這只是個玩笑。

他沒有，他嘴裡嚼著薯條，口齒不清的說謝謝，然後又吸了一大口可樂。

謝謝？去他的謝謝，我差點沒哭出來。

我決定給他半年的時間回心轉意，我每天盯著電話，心想他遲早會再打來，用一種白痴的口吻再喊我一聲寶貝，用一種白痴的口吻說他要愛我一萬年。

但他沒有，我為他裝設的專線沉默了半年。

半年一過，我給他打電話，每天晚上十二點，我打去問候他，我打去請他回心轉意，我打去請他用大腦仔細的想一想，想一想我給他的一萬年。

他被我騷擾了半年，終於他換了電話，隔天，那變成空號。

早知道我就該趁最後一通電話告訴他，我也是可以愛他愛到死的。

去他的愛你愛到死。

昨天我接到他寄來的喜帖，上面還註明請攜伴參加。

好樣的這傢伙，他真以為我還能讓別人愛我一萬年嗎？

我失眠了一整年，我決定要長眠，我的王子不見了，我決定一覺不要再醒來。

睡美人，好詩情畫意的不是？

所以這天，我把自己打扮得漂漂亮亮的，然後上街買藥。

藥房，那囉囉嗦嗦的禿頭老闆還熱心的給我介紹廠牌，煩得我半死。

「哪個貴就哪個！」

我活像一個土不拉嘰的鄉巴佬，不耐煩的丟下這句話，還有我可能無緣花光光的鈔票。

禿頭老闆歡喜的接過鈔票，我則小心翼翼的抱著那兩瓶安眠藥出門，怎麼看怎麼像個神經緊張的女人。

或者應該說是，像個正準備犯罪的女人。

對，我正準備殺人，在今晚。

我準備殺了自己，用兩瓶安眠藥，最貴的那種。

「小姐。」

嚇死我！是誰識破了我的詭計不成？我慌張的轉頭，卻見不到那人的臉。

「可以幫我填一份問卷嗎？」

這個人的聲音落在我的頭頂，原來我得抬頭才能看到他的臉。

『你多高？』

「疑？」

『聽不懂國語是不是？身高。』

「哦，一八八。」

嘖嘖嘖！一八八，足足比我的王子高出十公分，比我高出三十公分。

非常可疑的傢伙，我懷疑他曉得我今晚打算殺人的計畫，我懷疑他是有目的性的搭訕，我懷疑他是便衣警察。

『什麼問卷？』

「疑？」

『有沒有長耳朵呀？你剛不是要我填問卷？』

「哦，這個。」

這傢伙，一定有什麼陰謀！

『你是幹嘛的？』

「我是工讀生。」

『這什麼問卷？』

「消費習慣的調查問卷。」

『幹嘛找我填？』

「因為妳看起來很會消費呀。」

他笑著說。

有問題，這傢伙肯定有問題，搞不懂他脾氣好成這樣是什麼意思。

所以我決定填填這份問卷，看看這傢伙到底什麼目的。

知己知彼百戰百勝，是不是？

這高個兒一定知道我什麼事，否則他不會憑白無故找上我，他一定是聞出了我身上的味道。

關於今晚我打算行兇，殺了自己的味道。

我接過他的筆，開始仔細的閱讀這問卷，但亮度不夠，因為高個兒擋住了陽光，於是我抬頭瞪了他一眼，暗示他讓開給點光。

沒想到當他讓開的那一剎那，太陽直接照射到我臉上時，我竟一陣昏眩。

「怎麼啦？」高個兒很緊張的問，還扶住了我的左手臂。

『太久沒曬太陽了，頭有點昏。』我說，一時間竟忘了告誡他男女授受不親的這件事。

「要不要去前面的麥當勞坐一會歇著？」

他又說，然後我沒有意見的跟著他走，沒辦法，我實在是太虛弱了。

走進麥當勞，他先讓我坐著，最靠近門口的那張桌子，我刻意挑選的，這樣待會若要逃生的話比較方便些，我可不是那種會輕易就給陌生人騙了的蠢蛋。

這種事我聽多也看多了，新聞常在播不是？

我每天都會定時收看新聞，尤其是那些姦殺擄掠的那種，然後疑神疑鬼的把自己嚇得半死，跟著晚上才會睡不著覺的。

新聞看太多的結果就是，你會失去對於所有人一切的信任，看看我，我就是最好的例子。

自從那個口口聲聲說要愛我一萬年的傢伙在天母的麥當勞甩了我之後，我便每天每天的收看新聞，然後越來越相信人到底是不可信賴的這件事情。

但看新聞和被那白爛鬼甩了有什麼干係？因為我愛他愛到死，我愛他愛到希望他去死。

「妳手裡拿的是安眠藥？」

高個兒走了過來在我面前坐定，遞給我一杯顏色鮮豔的柳橙汁，問。

『嗯。』我接過，沒打算要喝的意思。

不要隨便喝陌生人給的飲料，我從國中就知道這道理了，雖然我晚上即將長眠，但我可不打算在長眠前還給人騙了。

「失眠？」他又問。

『嗯。』

「妳看起來這麼年輕，怎麼就失眠呀？」

被我猜中了是不是？他一定知道我什麼事，我此時有一種彷彿坐在偵訊室裡被照著檯燈拷問的感覺，高個兒一定在等我落入圈套，一時糊塗說溜嘴，然後把我捉去關。

這傢伙，非常之可疑。

「我唸醫學院。」

『吭？』

「我拿問卷給妳填，但其實我是醫學院的學生。」這高個兒彷彿喃喃自語，接著就從皮夾掏出一張他的學生證。

『幹嘛告訴我這個？』

高個兒沒回答，只是一臉的微笑，然後開始喝咖啡。

應該說是非常專注的喝咖啡。

我注意到當他喝咖啡時的神情相當之專注，彷彿他眼中只有那杯咖啡的存在。

於是我有機會好好的打量眼前這傢伙，然後我發現他的頭髮微長，長相白淨，還有，他有一雙很漂亮的眼睛。

「妳放心喝吧，我沒下藥的。」

突然的，他又冒出這句話，然後笑，很誠懇的笑。

所以我只好把吸管插入杯中，但還是沒有想要喝的打算，我失去了一切對於人的信任，記得嗎？

「妳需要多運動。」

『疑？』

「妳的臉色相當蒼白，看得出來妳不怎麼曬太陽，多運動，把身上的熱量消耗掉，這樣晚上就會比較好睡覺，比較不會犯失眠了。」

現在是什麼情形？他拿我當實習病人嗎？

『關你什麼事，我幹嘛非得聽你的不成？』

高個兒又笑，然後一口喝乾了咖啡，問：「妳相信緣份嗎？」

『啥？』
「我相信緣份。」
『哦。』
我可沒打算聽這來路不明的傢伙說啥運動或緣份的，我的當務之急是趕緊填了這問卷，然後走人。
「其實我今天是蹺課出來，剛好就遇見妳了。」
『什麼？』
「嗯，我遠遠的就注意到妳了，大概是在妳走進藥房的時候吧，我看見妳走進藥房，然後有人問我幫他填份問卷，我就多拿了一張，很好的搭訕藉口，不是嗎？」
『幹嘛注意我？』
「我想我喜歡妳。」
『幹嘛喜歡我？』
「喜歡一個人要理由嗎？」
這倒是……

既然這樣，我決定也實話實說。

實不相瞞。我清了清嚨喉，試著也誠懇的說：『我決定今晚吞下這兩瓶安眠藥，然後一覺不要醒來。』

「自殺？」

『嗯，我已經失眠快一年了，我快被煩死了。』

「我幫妳吧。」

『吭？』

「妳先試試每天吃一顆，然後我每天打電話給妳說一個無聊的故事，保證妳聽的想睡覺。」

『幹嘛要這樣？』

「這不兩全其美嗎？妳可以終於不失眠，我可以藉機追求妳呀。」

這傢伙……

『你喜歡我？』

「不喜歡幹嘛要追？」

說的也是……

「妳不喜歡我？我的長相令妳厭惡？我的聲音聽來噁心？我給妳的感覺是個變態？」

『這倒不會……』

「那幹嘛不讓我追？」

頗有道理……

既然這樣，我得先問他個問題才行。

『喂！我問你，你會不會愛我一萬年？』

「別蠢了，誰真能活一萬年？我可不想愛一個一萬歲的老太婆。」

『嗯，那就好。』

「你要不要我愛你愛到死？」

『妳流行歌曲聽多了是不是？』

嗯，非常好。

這裡。他指了指問卷，說：「留下妳的電話號碼，我晚上打給妳，記得，只呑一顆安眠藥，否則我報警捉妳。」

相當有力的威脅，於是我想了想，填下了那個沉默了一年的專線。

「我等你，十二點一過，我就去長眠。」

『我十一點五十打給妳。』

「一言為定。」

我終於能夠笑出來，喝著柳橙汁，然後向高個兒道別。

那兩瓶安眠藥？先擱著吧。

愛你一萬年？去他的吧。

新文學 13

對不起，我愛你

作　　者◎橘子
總 企 劃◎斕藝文化
投稿信箱◎lareine@cnbbs.org
企劃主編◎莊宜勳
美術設計◎陳偉哲

發 行 人◎蘇彥誠
出 版 者◎春天出版國際文化有限公司
地　　址◎台北市信義路四段458號3樓
電　　話◎02-7718-0898
傳　　真◎02-7718-2388
E-mail◎frank.spring@msa.hinet.net
郵政帳號◎19705538
戶　　名◎春天出版國際文化有限公司
法律顧問◎蕭顯忠律師事務所
出版日期◎二〇一三年七月初版六十九刷
定　　價◎190元

總 經 銷◎楨德圖書事業有限公司
地　　址◎新北市新店區復興路45號3樓
電　　話◎02-2219-2839
傳　　真◎02-8667-2510
印 刷 所◎鴻霖印刷傳媒股份有限公司

ISBN 957-28714-8-X
Printed in Taiwan

S P R I N G

每一本好書都是一顆種子，
春天播種在你的心田夢土上。

Spring

S P R I N G

每一本好書都是一顆種子，
春天播種在你的心田夢土上。

Spring